Emma Andijewska

MÄRCHEN

aus dem Ukrainischen ins Deutsche
übertragen von

Irena Katschaniuk-Spiech

Ukrainische Freie Universität
München 2021

Bibliografische Information der Deutschen Nationalbibliothek

Die Deutsche Nationalbibliothek verzeichnet diese Publikation
in der Deutschen Nationalbibliografie; detaillierte bibliografische
Daten sind im Internet über www.dnb.de abrufbar.

Herausgeber: Ukrainische Freie Universität, Reihe Varia, Band 73

ISBN-13: 978-3-7534-4137-5

Lektorat und Umschlaggestaltung: Joseph Spiech, München
Herstellung und Verlag: BoD – Books on Demand, Norderstedt

Die Übersetzung erscheint mit freundlicher Genehmigung der Autorin.

Bild auf dem Umschlag: *Der Musikspieler*, 1998, Emma Andijewska

Emma Andijewska

Schriftstellerin, Dichterin und Malerin

begeht in diesem Jahr ihren 90. Geburtstag.

Ihr Lebenslauf ist so mannigfaltig wie das gesamte zwanzigste Jahrhundert. Sie ist in der Ukraine in Donezk am 19. März 1931 geboren, kam während des Krieges nach Deutschland und studierte Philosophie und Philologie an der Ukrainischen Freien Universität. 1957 emigrierte sie in die USA und wurde amerikanische Staatsbürgerin, kehrte nach Deutschland zurück und lebt und arbeitet jetzt in München. Sie ist Mitglied des Ukrainischen Schriftstellerverbandes.

Ihre Gemälde, im Stil des Surrealismus, sind weltweit bekannt und ziehen die Aufmerksamkeit der Zuschauer auf sich durch ihre eigenwilligen Formen und durch die reichhaltig strahlende Farbgebung. Zahlreiche Ausstellungen in der Ukraine, in Deutschland und in anderen europäischen Staaten, sowie in Übersee, in USA und Kanada, wurden mit großem Erfolg durchgeführt.

Zu ihrem dichterischen Werk zählen vor allem die Sonette, die sie mit der ihr eigenen Kunstfertigkeit schreibt, indem sie Wortspiele verwendet, die dem Stil eine besondere Sprachmelodie verleihen. Ihre Auftritte bei Dichterlesungen, an denen sie ihre Gedichte mit großer Meisterschaft rezitiert (sie war jahrelang Sprecherin beim Rundfunk), werden von den Zuhörern dankbar honoriert.

Ihre Prosa (Romane und Kurzgeschichten) trägt stilistisch und inhaltlich ebenfalls den für sie ureigensten Stempel, durch den sich ihre Phantasie und ihr Hang zum Außergewöhnlichen auch sprachlich äußern. Dies gilt vor allem für die Märchen, in denen sie durch ungewöhnliche Zauberwesen (z.B. ein Fisch, der spricht, eine Idee, die körperliche Gestalt annimmt) ihre persönliche Philosophie zum Ausdruck bringt. Ihre Märchen sind keine Geschichten für Kinder, wie Andersens oder Grimms Märchen, es sind bildhafte Darstellungen ihrer Weltanschauung für Erwachsene. Jedes Märchen endet mit einem kurzen Dialog zwischen der Konservendose und dem Schakal, meist in Form eines Streitgesprächs, in dem der Verlauf der Geschichte von beiden Seiten kommentiert wird. Gerade das macht ihre Märchen so einzigartig und interessant.

Mit dieser deutschsprachigen Ausgabe der „Märchen" von Emma Andijewska möchten wir die deutsche Literatur um ein Werk aus der ukrainischen Gegenwartsliteratur bereichern, die Autorin – eine schillernde Persönlichkeit aus der Ukraine – vorstellen und sie anlässlich ihres 90. Geburtstages ehren.

Irena Katschaniuk-Spiech
Neuphilologin, literarische Übersetzerin
Mitglied des Ukrainischen Schriftstellerverbandes

Die Märchen

Der Schakal stand eine kurze Weile da und prüfte mit der Nase die Luft, dann näherte er sich der Veranda am Rande der Wüste.

– Guten Abend – sagte die Konservendose, welche auf der Veranda lag. – Komm näher! Meine Herrschaft ist außer Haus und kehrt vor morgen früh nicht zurück.

– Guten Abend – antwortete unhöflich der Schakal und zog hörbar die Luft in sich hinein.

– Die Tür ist nicht verschlossen – so verstand diese Bemerkung die Konservendose. – Tritt ein. Dort auf dem Buffet liegt ein großes gebratenes Stück Fleisch. Aber sei vorsichtig und beschmutze den Boden nicht, weil ich immerhin zu einem gewissen Grad auf die Villa aufpasse und irgendwie gehört es sich nicht, dass in Abwesenheit der Herrschaft überall Unordnung herrscht. Beeile dich, weil ich mich mit dir unterhalten möchte.

Nach einer gewissen Zeit kehrte der Schakal auf die Veranda zurück, während er sich ableckte, dann ließ er sich unweit der Konservendose nieder und schaute gelangweilt in die Wüste.

– Ich freue mich, dass du gekommen bist – rief die Konservendose. – Ich habe keine Gesellschaft und leide sehr darunter, denn diejenigen, mit denen ich nicht reden kann, sind für mich keine Gesellschaft. Die Leute denken, dass ich lediglich eine Konservendose bin, mit anderen Worten, ein geistloses Stück Blech, nicht mehr. Oder sie nehmen an, dass mein Geist viel niedriger ist als der ihre, so dass ich für sie nicht von Interesse bin. Sie vergessen, dass die Dinge, die sich in menschlicher Umgebung befinden, sich vermenschlichen, und außerdem, dass wir leben und dadurch den Menschen ähnlich werden, und dass in uns der menschliche Geist Seite an Seite mit unserem ursprünglichen Geist lebt.

– Das ist mir sehr wohl bekannt – antwortete der Schakal. – Ich weiß das aus eigener Erfahrung. Wenn ich in der Wüste die Gerüche spielen höre, was meistens am fünften Tag vorkommt, wenn ich ohne Nahrung bin, dann bin ich nur der Schakal. Doch sobald ich mich den menschlichen Siedlungen nähere, vermenschliche ich mich unwillkürlich. Ich fange an zu fühlen wie die Menschen, zu denken wie sie, und erst wenn ich in die Wüste zurückkehre, verflüchtigt sich langsam mein menschlicher Geist und übrig bleibt der Geist des Schakals. Ich habe oft Lust mit Menschen zu reden, wenn ich unter ihnen verweile, aber ihre Überheblichkeit hält mich im letzten Augenblick zurück. Ich fange an zu fürchten, dass sie mich nicht verstehen oder, was noch schlimmer wäre, mich falsch verstehen, deswegen schweige ich, oder ich gehe in die Wüste und heule. Mit Menschen ist es wirklich schwer, weil sie uns vermenschlichen und danach es ihnen nicht einmal in den Sinn kommt, sich uns gegenüber menschlich zu benehmen, und darunter leiden wir immer.

– So ist es! – gab die Konservendose zu – und vor allem kümmert es niemanden, was mit uns geschieht, wenn wir so werden, wie sie.

Danach schwieg die Konservendose und auch der Schakal sah zum Mond hinauf, der über der Wüste aufging, und schwieg.

– Erzähl doch etwas – bat die Konservendose.

– Weißt du, mit vollem Magen fällt mir nichts ein, außer Märchen – sagte der Schakal. – Und alle Märchen, welche ich kenne, sind traurig.

– Sehr gut – antwortete die Konservendose erfreut – weil die, welche ich kenne, alle glücklich enden. Meine Herrschaft kehrt erst am Morgen nach Hause zurück, so haben wir noch die ganze Nacht vor uns.

– Nun gut, also werde ich erzählen, aber ich möchte dich bitten, mich nicht zu unterbrechen, denn ich verliere leicht den Faden.

– Ich höre – antwortete die Konservendose.

– Gut, ich erzähle.

Das Märchen von der sprechenden Forelle

Im gewaltigen Wasser, das seit alters her existiert, lebten Schwärme von stummen Fischen, und es geschah, dass bei einem Forellenpaar, das dort lebte, eine sprechende Forelle geboren wurde. Am Anfang, als dieses Fischlein noch ganz klein war, hegten die verwirrten Eltern die Hoffnung, dass sobald ihr Kind Schuppen bekommt, diese Angewohnheit in kürzester Zeit vergehen würde, genau so, wie auch die Kinderkrankheiten verschwinden. Aber die Zeit verging, die Forelle gewann an Größe und Stärke, ihre Schuppen glänzten, als wären sie aus bestem dalmatinischen Stahl, doch ihre Sprechfähigkeit ist nicht nur nicht verschwunden, sondern das Sprechen wurde immer geschickter, so dass die betrübten Eltern Scham empfanden, zuzugeben, dass sie ein und derselben Familie angehörten.

Und die sprechende Forelle hatte nicht nur die Gabe des Sprechens, sondern besaß auch ein gutes Herz, und da sie noch sehr jung war, konnte sie nicht verstehen, warum ihre Eltern so traurig waren, während es doch so spannend war, zu sprechen und dabei zuzusehen, wie jedes ausgesprochene Wort als buntes Luftbläschen durch das Wasser gleitet. Es ist sogar einmal passiert, dass ein halbblinder Raubfisch, der seine alten Tage auf dem Meeresboden verbrachte, zu seiner Schande es nicht merkte, dass die Luftblase kein Wurm war, und sie einfach verschluckte. Die arme Forelle musste zuschauen, wie ihre Eltern durch dieses Unglück stets traurig und niedergeschlagen waren. An einem schönen sonnigen Tag, als die Korallen in ihrer Pracht erglänzten, wo es immer so schön war Versteck zu spielen und mit lauter Stimme dazwischen zu schreien, hat die Forelle sich entschlossen, von dieser blauen Welt und ihrer Familie Abschied zu nehmen. Nach einem kräftigen Schlag mit der Schwanzflosse schwamm sie davon, auf der Suche nach einem neuen Schwarm.

Doch auch innerhalb des neuen Schwarms konnte die sprechende Forelle keinen Gesprächspartner finden. So viel sie auch über die eigenen Abenteuer erzählte, wie lebhaft sie auch erklärte, dass es so einfach und angenehm sei, zu sprechen, es würde reichen nur den Mund zu öffnen, und die Stimme würde gleiten über das Wasser, doch alle Fische, denen sie auf ihrem Weg begegnete, versteckten sich schweigend hinter ihren Flossen und eilten davon. Sehr bald wurde bis zu den äußersten Enden des großen Wassers bekannt, dass ein sprechender Fisch durch sein ununterbrochenes Gerede die Fische stört, sich auf sich selber zu konzentrieren, und sie fühlten sich dadurch in ihrer Würde angegriffen. Das Schweigen ist nämlich das, was die Fische von anderen Lebewesen unterscheidet, und da sie nicht sprechen können, zeichnen sie Wellen auf die Oberfläche des Wassers, um sich auf diese Weise zu verständigen. So hat, nach einer besonders langen schweigenden Beratung in Anwesenheit eines alten Fisches, der für seinen Gerechtigkeitssinn und seine Klugheit bekannt war, die ganze Gemeinschaft der Fische beschlossen, den Fall des sprechenden Fisches zu untersuchen und sprachlos ein Urteil zu fällen, welches dann in Wellenform auf die Oberfläche des Wassers gezeichnet wurde. Das Urteil lautete, dass der sprechende Fisch ihr Wasserreich augenblicklich verlassen müsse.

Die sprechende Forelle war gerade dabei, einem Heringsschwarm nachzujagen, um eine Anekdote zu erzählen, als die schweigenden Vollstrecker des Urteils, die sich mit ihren Flossen die Ohren zuhielten, um nicht taub zu werden, zur sprechenden Forelle schwammen, sie auf ihren Rücken luden und augenblicklich ans Ufer beförderten. Dort stellten sie sie auf die Beine, reichten ihr ein Blatt, auf dem stand, dass der Forelle für immer verboten sei, sich im Wasserreich aufzuhalten, und tauchten zurück in die Tiefe.

Seit diesem Augenblick lebte die sprechende Forelle auf dem Ufer. Zunächst fürchtete sie sich etwas vor der Umgebung. Alles war hier neu, obwohl äußerlich kaum anders, aber durch die Sträucher konnte man nicht hindurchschwimmen, und in der Luft, die so sehr an Wassertiefen erinnerte, hinterließen die ausgesprochenen Worte keine Bläschen. Abgesehen davon, am Ufer gab es Fischer. Die sprechende Forelle hatte ihnen manchmal von unten zugeschaut, sogar trotz Verbot.

Durch das Wasser betrachtet, sahen die Fischer ganz anders aus, sie sprachen nicht miteinander und bewegten sich nicht, aber hier konnte die Forelle mit eigenen Augen sehen, dass sie nicht nur sprechen, wie sie selbst, sondern auch herumlaufen, und sicher könnte sie unter ihnen so manchen Gesprächspartner finden.

Wie sehr verspürte sie den Wunsch, jedes Mal, wenn die Fischer auf die See hinausfuhren, an sie heranzutreten und sie zu begrüßen, doch etwas hielt sie zurück, und so wandelte das Fischlein allein am Ufer entlang und unterhielt sich mit sich selber.

Vielleicht hätte sie bis ans Ende ihrer Tage so gelebt, wenn sie nicht eines Tages, als sie länger als gewöhnlich im Schatten geschlafen hatte, auf einen Fischer aufmerksam geworden wäre, der abseits aller anderen sein Boot richtete und gleichzeitig sein Schicksal beklagte. Als sie so nahe ihn reden hörte, konnte sie nicht widerstehen. Komme, was mag, sie sprang auf die Beine und ging auf den Fischer zu.

– Grüß Gott! – sagte sie.

– Grüß Gott! – antwortete der Fischer.

– Was machst du? – fragte sie.

– Ich richte das Boot, und was machst du?

– Ich suche nach einem Gesprächspartner, – gab die Forelle zurück.

– Gut, – sagte der Fischer, – ich fahre hinaus für drei Tage, um Fische zu fangen. Setz dich in mein Boot und erzähle mir etwas, damit ich nicht einschlafe, aber ich warne dich, ich bin nicht sehr gesprächig.

– Macht nichts, – antwortete die Forelle, – Hauptsache, du hörst zu, ich rede dann für zwei.

Seit diesem Augenblick schlossen sie Freundschaft. Die Forelle half dem Fischer, gute Plätze für den Fischfang zu finden, dabei erzählte sie ihm, was auf dem Wasser und unter Wasser alles passiert, und der Fischer teilte ihr alle seine Sorgen mit. Nach kurzer Zeit kannte die Forelle die Namen und Gewohnheiten aller seiner Kinder und seiner Frau, sie wusste, wie es in seinem Haus und auf dem Hof aussieht, worum er sich sorgt und was er denkt. Manchmal, wenn der Fang gut war, brachte der Fischer eine Flasche Wein mit, die sie beide leerten und sich dabei angenehm unterhielten. Und so, in einer mondhellen Nacht, als die Oberfläche so glatt war wie die Flasche, die sie soeben ins Wasser geworfen hatten, und der Fischer das Gefühl hatte, einen besseren

Freund als den sprechenden Fisch nie gehabt zu haben, und auch nie haben wird, sagte er „mein Haus ist dein Haus" und lud die Forelle zu sich ein, um ihr seine Familie vorzustellen.

– Wenn du mein Haus nicht verachtest, – so beendete er seine Rede, – dann komm morgen zu uns, ich erwarte dich zum Mittagessen.

– Ich verachte dein Haus nicht, – antwortete die Forelle, – wir sind doch Freunde und alles was mein ist, ist auch dein, aber ich bin noch nie in einem Dorf gewesen und ich bin nicht sicher, ob ich dein Haus finde.

– Es ist ganz leicht, – sagte dieser, – du musst nur auf diesen Hügel steigen, und von da gehst du geradeaus weiter. Das erste Haus gehört mir. Ich werde dich treffen, aber wenn etwas dazwischen kommen sollte, geh einfach hinein, man wird dich erwarten.

Das Einzige, worum ich dich bitte ist, verschlafe nicht oder vergiss nicht, was wir vereinbart haben, denn ich möchte auch Bekannte einladen, und wenn du nicht kommst, werde ich traurig sein und denken, dass du mein Haus nicht betreten möchtest.

– Ich werde kommen, – sagte die Forelle.

– Ich werde warten, – versprach der Fischer.

Am nächsten Tag erwachte die Forelle bei Sonnenaufgang, wusch sich die Augen und streckte sich.

– Ich geh zum Fischer zu Besuch – sagte sie der Sonne, aber die Sonne antwortete nicht. Sie hat die Forelle lediglich in ungewöhnlich rote Schuppen gekleidet, die sich im Wasser widerspiegelten, und ging auf.

– Ich geh zum Fischer zu Besuch – sagte die Forelle laut und ging am Ufer entlang.

– Heute wird mein bester Freund uns besuchen – sagte der Fischer zu seiner Frau. – Es ist ein ganz besonderer Freund. Alles muss bestens vorbereitet sein. Sei großzügig und stell alles, was wir haben, auf den Tisch. Ich laufe und besorge noch mehr zu essen und zu trinken, denn ich glaube, wir haben nicht genug, und wir wollen uns nicht blamieren.

– Du bist verrückt geworden, – keifte seine Frau, – dauernd hast du irgendwelche Freunde, besser du sorgst dich darum, wie wir hier über die Runden kommen.

– Wenn mein Freund kommt, – fuhr der Fischer fort, ohne auf ihre Worte zu achten, – dann bitte ihn herein und sag ihm, ich bin gleich wieder zurück.

– Wenn dein Freund kommt, – jammerte die Frau, doch der Fischer war schon weit weg und hörte nicht ihre Worte, die den gesamten Hof erfüllten, die Spatzen vom Brunnenrand aufscheuchten, und entlang des Weges hallten bis zur herannahenden Forelle, noch bevor sie das Haus erreichte.

– Grüß Gott, – sagte die Forelle, als sie die Kinder und die Frau des Fischers auf dem Hof erblickte.

– Ein sprechender Fisch! – riefen die Kinder, doch die Frau befahl, sie sollten Ruhe geben und sie bei der Arbeit nicht stören, sie habe doch keine Zeit aufzuschauen, denn ihr blöder Ehemann lädt Gäste ein, für die man sich abrackern muss, um es ihnen recht zu tun.

– Grüß Gott, – sagte die Forelle diesmal lauter, aber da die Frau selber von morgens bis abends schwatzte, hörte sie überhaupt nicht, dass der Fisch neben ihr etwas sagte.

– Komisch sind diese Leute, – dachte die Forelle, – sie grüßen nicht und schauen andere nicht an. Ich versuche es noch einmal, doch wenn man mich auch diesmal nicht hört, bleibt mir nichts anderes übrig, als zum Ufer zurückzukehren und auf den Fischer zu warten.

– Grüß Gott – sagte die Forelle und trat näher heran, damit die Frau sie auch sieht. Doch die Frau war gerade gebückt, um frisches Holz ins Feuer zu werfen, wo das Mittagessen kochte, und die Forelle sah, dass sie sich umsonst bemühte.

– Es hilft nichts, – seufzte sie – hier sind alle so beschäftigt. Vielleicht komme ich ein andermal hierher. Sicher bin ich zur falschen Zeit gekommen, da kann man nichts machen.

– Lebt wohl – und die Forelle bewegte den Schwanz, um zu gehen. In dem Moment drehte die Frau sich um und suchte nach einem Lappen, um den Topf vom Feuer zu holen, da fiel ihr Blick auf den Fisch.

– Das fehlte noch, dass auf dem Hof ein lebendiger Fisch zappelt – rief sie – einen guten Mann hab ich, der es nicht mal schafft seinen Fang bis zum Haus zu bringen, sondern die Hälfte unterwegs verliert!

– Ich bin doch kein Fang – sprach die Forelle – ich bin ein sprechender Fisch. Ich bin der Freund Ihres Mannes, der mich eingeladen hat.

Doch die Frau vor lauter Gequatsche hörte diese Worte nicht.

– Das wird eine gute Ergänzung zum Mittagessen – sagte sie erfreut, stach mit dem Messer in die Forelle und warf sie in die Pfanne.

– Ich bin ein Fisch – konnte die Forelle noch seufzen, griff sich ans Herz, und ihr wurde schwarz vor den Augen. Nun brutzelte sie in der Pfanne.

– Mein Freund kommt aber lange nicht – sagte der Fischer, als er mit Flaschen und Speisen zurückkehrte. – Ich habe alles gekauft, was meine Augen sahen und hoffe, mein Freund wird sich freuen.

– Du kannst nur an den Freund denken, – sagte die Frau. – Für etwas anderes hast du weder Zeit noch Augen. Du sollst lieber auf deinen Fang aufpassen, auf dem Hof hast du den besten Fisch verloren. Gut, dass ich es bemerkt habe.

– Ich habe keinen Fisch verloren – verneinte der Fischer.

– Wie, nicht verloren! – zeterte die Frau, – auf dem Hof lag ein solcher Fisch, dass ich Mühe hatte, mit ihm fertig zu werden.

– Fisch! – rief der Fischer, dem es einfiel, dass er vergessen hatte, der Frau zu sagen, dass sein Freund eben eine Forelle ist. Er eilte zur Pfanne.

– Bist du verrückt – sagte die Frau – du benimmst dich, als ob du nie im Leben einen gebratenen Fisch gesehen hättest.

Der Fischer schaute in die Pfanne, aber da alle gebratenen Fische gleich aussehen, erkannte er seinen Freund nicht. Die sprechende Forelle hat sich nur dadurch von allen anderen Fischen unterschieden, dass sie sprechen konnte, aber ohne Stimme war sie genauso, wie der Rest ihrer Brüder und Schwestern.

Lange hat der Fischer auf seinen Freund gewartet, doch die sprechende Forelle tauchte nicht auf. Die Kinder sind schon schlafen gegangen und die Fischer bereiteten sich bereits auf den Fischfang vor, aber von der Forelle war nichts zu sehen. Mehrmals ist der Fischer auf die Straße hinausgegangen, in der Vermutung, sie würde sein Haus nicht finden, doch die Forelle war weder auf der Straße, noch am Ufer, wo sie beide vor der nächtlichen Ausfahrt aufs Meer Wein getrunken hatten. Obwohl der Fischer bei allen vorbeiziehenden Fischern nachfragte, ob jemand von ihnen seinen Freund, den sprechenden Fisch gesehen habe, den er zu sich eingeladen und dabei vergessen hatte, seiner Frau zu sagen, dass sein Freund eine Forelle sei, haben alle nur mit dem Kopf geschüttelt und es verneint. Bald fingen die Fischer an, ihn zu meiden. Sie erzählten, dass der Fischer nie mehr mit ihnen zum Fang aufs Meer gefahren sei, sondern bei ihrer Rückkehr zu den Netzen stürzte und auf Knien jeden Fisch anflehte, wenigstens ein Wort zu ihm zu sagen.

* * *

— Schade um den Fischer und ebenso um den sprechenden Fisch. Ich glaube, der Fischer hat sogar mehr Schuld als seine Frau.

— Meinst du? — gähnte der Schakal, der keine Lust hatte darüber zu sprechen.

– Doch ich bedauere am meisten nicht so sehr den Fischer, und auch nicht den Fisch, sondern die vielbeschäftigte Frau, die die Stimme der Forelle nicht hörte.

– Damit bin ich nicht einverstanden. Der Fischer hat einfach falsch gehandelt, denn das, was man im Herzen trägt, darf man niemandem anvertrauen, außer seinem besten Freund. Und seine Frau war nicht sein bester Freund, schon deswegen nicht, weil er sich mit ihr nie so vertrauensvoll unterhalten hatte, wie mit der Forelle. Es ist ja auch nicht ausgeschlossen, dass seine Frau ihm nie zugehört hat.

– Es ist müßig, dort nach Schätzen zu suchen, wo man sie nicht vergraben hat – fuhr die Konservendose fort. – Gerade deshalb finde ich, dass von allen Leidtragenden die Frau am meisten Mitgefühl verdient, weil sie die Stimme der sprechenden Forelle nicht hörte. Dass die Forelle am Ende tot war – das ist traurig. Aber jeder muss früher oder später sterben. Was mich angeht, so glaube ich, dass das Leiden des Fischers wegen des Todes seines Freundes größer ist, als der Tod des Fisches selbst. Doch dass er sein Leben lang die Stimme der Forelle nie mehr hören wird, ist tatsächlich das Schlimmste, was diesem Menschen hätte passieren können.

– Vielleicht wird in ihrem nächsten Leben die Frau diese Stimme hören – fügte interesselos der Schakal hinzu.

– Schade, dass sie diese Stimme in ihrem jetzigen Leben nicht hörte – sagte trotzig die Konservendose. – Die Trauer, wie man weiß, hat lange Beine, und wozu dies führt, das sollst du jetzt hören:

Das Märchen vom Quasselprotz

Es gab einmal einen Mann, der voller Trauer war und stets an das Unerfreuliche dachte, bis das, was in seinen Gedanken lebte, sich materialisierte und zu ihm sagte:

– Ich bin der Quasselprotz. Ab diesem Augenblick bin ich dein Herr und Gebieter, und du musst alles tun, was ich verlange, und wenn du nicht gehorchst, werde ich dich hart bestrafen.

– Warte doch, warte, – protestierte der Mann – du bist doch meine Schöpfung, dann wäre es sonderbar, wenn ich dir folgsam sein sollte, und nicht du mir!

– Dinge ändern sich – antwortete der Quasselprotz – du hast so intensiv an mich gedacht, dass ich mich von dir abgespalten habe; abgesehen davon, ich bin voller Energie und ich erlaube es nicht, dass du ab heute mir widersprichst. Du musst vergessen, dass ich aus deinen Gedanken entsprungen bin, dies wird dir nichts nützen und dein Schicksal überhaupt nicht verändern. Ab diesem Augenblick bin ich dein Herr. Ich bin dazu berufen, zu befehlen, und du bist mir untertan.

– Aber, du bist nicht mal ein vollwertiger Mensch – versuchte der Mann zu widersprechen, doch der Quasselprotz wurde zornig und sagte:

– So spricht man nicht zu seinem Herrn. Du hast keine Achtung vor mir und dafür musst du sofort büßen! – so führte er den Mann zur Zwangsarbeit am Bau von Kanalisation und Pyramiden.

Der Mann musste schwer schuften und verfluchte sowohl den Quasselprotz wie auch den Augenblick, in dem er ihn zu seinem Unglück erdachte. Doch weder Flüche noch Klagen haben den Lauf der Dinge geändert. Der Schnee ist gefallen und ist wieder geschmolzen, der Sommer verging und es wurde wieder Winter, doch der Mann hat immer noch alle Teufeleien des Quasselprotzes verrichtet. Je härter er arbeitete, um seinen Peiniger zufriedenzustellen, umso arroganter wurde dieser. Er schimpfte und dachte sich immer neue Schikanen aus.

Mit der Arbeit hätte der Mann noch fertig werden können, doch es wurmte ihn am meisten, dass er sich vor dem Quasselprotz erniedrigen sollte, der mit ihm nie zufrieden war und sich immer neue Demütigungen ausdachte, wodurch der Mann immer schwächer und kraftloser wurde. Am Anfang bestand die Erniedrigung darin, dass der Mann dessen Schuhe putzen sollte, da der Quasselprotz glaubte, dass der Glanz der Schuhe von seiner edlen Abstammung zeugte; darauf legte er vom ersten Tag an einen besonderen Wert. Aber da mit jedem Tag seine ungehobelte Natur stärker zum

Vorschein trat, konnte keine Ehrerbietung ihn zufrieden stellen, seine Eigenliebe übertraf alles. Zu den Pflichten dieses Mannes gehörte, neben dem Niederknien, auch die Unterhaltung. Zudem verpönte der Quasselprotz alles, was an Menschlichkeit erinnerte, im Glauben, dies sei unter seiner Würde. Er war überzeugt, er müsse seinen Schöpfer nach eigenem Gutdünken überarbeiten, und so zwang er den Mann vor ihm zu kriechen, dabei schlug er ihn mit einem Löffel auf den Kopf, bis der Mann entkräftet zusammenbrach.

So wäre es mit dieser Art von Unterhaltung weiter gegangen, wenn der Quasselprotz nicht so unbeständig gewesen wäre und unfähig, sich auf etwas zu konzentrieren. Immer quälte ihn der Verdacht, dass der Mann, trotz aller Ehrerbietung, ihn doch nicht genügend achtete, oder im Innersten sogar verachtete? Da alle Kunstfertigkeiten des Mannes ihn langweilten, hat er eines Tages völlig enttäuscht von dem Mann verlangt, für ihn jemanden zu töten.

– Sei nicht so aufgebracht und entsetzt – sagte der Quasselprotz – ich weiß, dass du mich von Anfang an nicht geliebt hast, so hast du mir das Leben schwer gemacht, doch ich bin viel besser, als du in der Beschränktheit deiner Vernunft glaubst. Überleg mal: Ich denke stets an dich! Ich sorge dafür, dass dein Gewissen dich nicht quält. Du solltest es schätzen, dass ich es dir leicht mache, meinen Willen auszuführen. Niemand würde sich so viel Mühe mit dir geben, doch du bist von Natur aus undankbar. Ich werde von dir nicht verlangen, einen Freund oder einen guten Bekannten zu töten, der dir lieb und teuer ist, obgleich, um die Wahrheit zu sagen, weder Freunde noch Bekannte es wert sind, gut über sie zu denken. Du kennst ihre Fehler nicht, doch dies ist deine Sache. Aber du solltest meinen Edelmut dir gegenüber hoch einschätzen und mir dankbar sein dafür, dass ich von dir verlange jemanden zu töten, der dir verhasst ist, das Biest, das jeden Tag dich aufs Blut peinigt, diesen Aufseher mit den paar Milchzähnen, der zum eigenen Vergnügen, um seine eigene Macht zu beweisen, dich auspeitscht, wenn du am Bau von Pyramiden oder Kanälen arbeitest, die sowieso vom Sand verschüttet werden. Du weißt ja selbst, dass dieser Aufseher dir blutige Streifen verursacht, nicht weil du die Steine nicht schleppen kannst, damit wirst du erstaunlich gut fertig, auch wenn du gar nicht so stark aussiehst, sondern weil der mit einer schwarzen Seele geboren wurde. Ich weiß, wie du leidest und ihn manchmal verfluchst, deshalb dürfte es dir nicht schwer fallen, dieses Biest zu töten. Ich werde dir dabei helfen, damit niemand dich beschuldigt, ihn getötet zu haben. Niemand wird dich verfolgen, ich nehme alles auf mich und werde dir sogar helfen, die Leiche zu beseitigen, damit niemand sie findet. Also geh und erschlag ihn.

Dann erhebe ich dich um eine Stufe näher zu mir. Geh. Ich warte.

Diese Worte betrübten den Mann, denn das Töten wohnte nicht in seiner Seele, trotz erlittener Quälereien von diesem niedrigen und gemeinen Wesen. Niedergeschlagen schaute er zum Quasselprotz, der immer noch dastand und auf sein Einverständnis zu töten wartete. Er seufzte und dachte an sein eigenes Schicksal, seufzte noch einmal ganz tief und dachte an den Aufseher, der ihn tagtäglich mit seiner Peitsche traktierte, bemüht ihn so zu schlagen, dass sein Auge getroffen wird, in dem sich dessen Niedertracht widerspiegelte, – dann seufzte er und vergab dem Aufseher.

Im gleichen Augenblick, in dem der Mann seinem Peiniger vergab und in seinen Gedanken das Leuchtende Erhabene erschien, materialisierte sich sein Denken zu einer runden Kugel, die sagte:

– Da bin ich. Ich bin das, woran du denkst. Ich habe keinen Namen, denn das Gute ist stets namenlos, nur das Böse schmückt sich mit einem Namen, damit alle es erkennen. In der Tat, ich habe auch keine schlanke Figur wie diejenigen, welche dazu berufen sind, Helden zu sein, aber das ist nicht so schlimm, denn ich bin ja vollkommen. Aber auch die Vollkommenheit ist ein bisschen lächerlich, schließlich ist auch dir bekannt, dass alles Große auch lächerlich ist, denn dafür ist es ja groß. Bei alledem bin ich vollkommen, und zwar so vollkommen, dass es oft recht schwer sein kann, Gutes zu tun und wirklich vollkommen zu sein. Doch dies ist eine Kleinigkeit, die überwunden werden kann. Es ist nämlich so, dass ich gerne Süßes esse, besonders Kuchen, und dies macht mich weniger vollkommen. Also lauf und bring mir einen Kuchen, und wenn du für etwas Ordentliches kein Geld hast, dann nimm irgendein süßes Gebäck, und wenn es dafür nicht reicht, dann einfach ein Stück Brot in Zucker gewälzt. Ich bin nicht wählerisch, alles was du bringst, wird in Ordnung sein, und ich werde für dich den Quasselprotz beruhigen.

Aber der Quasselprotz steht doch neben uns und hört alles! – rief der Mann. – Lauf weg, denn er wird auch dich unterwerfen, und ich werde traurig sein, dass du meinetwegen leidest. Er steht da und wartet nur, dass ich töte.

– Keine Angst – beruhigte der Rundling den Mann – der Quasselprotz hört nur sich selber und seine Ohren schließen sich von alleine, wenn er meint, dass es unwürdig sei, dem was gesagt wird zuzuhören. Wir beide sind in seinen Augen so niedrig, dass er es unter seiner Würde findet, auf unser Geplauder zu achten. Lauf und bring mir den Kuchen.

Der Mann war hoch erfreut, als er dies hörte. Kaum war er mit dem Kuchen zurück, schluckte der Rundling die Süßigkeit und rollte zum Quasselprotz.

– Quasselprotz – sagte der Rundling, – ich habe den Kuchen nur deshalb gegessen, damit du mich hören kannst. Ich weiß, dass deine Unverschämtheit nur daher kommt, dass du nicht existent bist. Das Leere rächt sich immer am Existierenden, weil es anders ist und dadurch erkannt wird. Ich habe ein Wort ausgesprochen, das hundert Hände und hundert Füße hat, und du hast nichts, womit du dich verteidigen kannst. Hörst du? Siehst du? Verschwinde!

Noch bevor der Mann sich versah, sank der Quasselprotz vor dessen Augen wie eine Kröte zu Boden und löste sich auf, wie der Nebel. Der Mann war so überrascht, dass er an seinen Erlöser nicht mehr dachte, um sich zu bedanken, doch als er nach ihm schaute, um ihn aus Dankbarkeit zum Essen einzuladen, war der nicht mehr da. Der Rundling war verschwunden zusammen mit dem Quasselprotz. Erst dann ist dem Mann klar geworden: das Gute wartet nicht auf Dankesbezeigung.

Als diese Vermutung zur Sicherheit wurde, hat der Mann zum ersten Mal nach langer Zeit wieder gelächelt, dann richtete er sich zur vollen Größe auf und fing an, ein Lied zu singen. Daraufhin öffneten sich die Knospen und kündigten den Frühling an.

* * *

— Irgendwann, als ich noch sehr jung war — fügte der Schakal hinzu, — da befand ich mich ebenfalls unter dem Joch eines Quasselprotzes, doch dieser hatte die Gestalt eines alten Schakals, der sich um meine Erziehung kümmerte. Aber ich war kein sehr geduldiger Schüler, und als mich mein Lehrer einmal sehr schmerzhaft mit seinen Zähnen an den Ohren packte, bin ich über ihn hergefallen und habe ihm den Hals durchgebissen. Seit der Zeit begann ich, mein eigenes Leben zu führen. Meiner Ansicht nach könnte dies tatsächlich die einfachste Methode sein, komplizierte Probleme zu lösen, obgleich die meisten ein solches Verhalten nicht billigen. Ein lebendiges Wesen muss nicht alles hinnehmen und ertragen, sonst verliert es seine eigene Kraft, mit der die Vorsehung es so reichlich beschenkt hat. Um frei zu sein, muss man beizeiten die Fesseln lösen, die das Schicksal einem jeden auferlegt, um seine Widerstandskraft zu testen. Und ohne Widerstandskraft gibt es weder Wohlergehen noch Gerechtigkeit.

— Um gut zu sein, braucht man tatsächlich viel Kraft, — gab die Konservendose zu, — doch es kommt oft vor, dass die Mutigen nicht immer gut sind, und diejenigen, die gut sind, keinen Mut haben.

– Feiglinge sind meistens nicht gut, – bekräftigte seinen Erfahrungsbericht der Schakal.

– Die Kraft, die allbestimmend ist, stellt jeden vor eine Wahl, – sagte die Konservendose. – Wenn jeder auf seine Umgebung besser achten und seine Pflichten besser erfüllen würde, könnte er Großes leisten, auf die gleiche Art nämlich, wie die zwei kräftigen unsichtbaren Finger an einer Hand, die einen wichtigen Platz in ihrer kleinen Welt eingenommen haben.

– Tatsächlich?

– Dann hör zu.

Das Märchen von den zwei Fingern

Es geschah zu der Zeit, als die Hand noch sieben Finger hatte, als am Himmel sieben Planeten kreisten und jedem Menschen sieben Schicksale gegeben waren. Damals fühlte sich die Hand selbst jung und kräftig und widmete nicht allzu viel Zeit der Erziehung ihrer Kinder, der Finger, insbesondere der zwei jüngsten. Sie dachte, dass die Zeit selbst ihnen alles Notwendige beibringen und sie bändigen würde, denn sie sollten doch in Freiheit und ohne Zwang aufwachsen, weil das, was geschehen soll, ohnehin geschehen würde. Und einen solchen Moment darf man weder beschleunigen noch verlangsamen, alles untersteht den Jahreszeiten und jede trägt ihre eigene Bestimmung in sich.

Gerade in dieser Zeit stritten sich die zwei kleinsten Finger um den besten Platz an der Hand, und die anderen schlossen sich ihnen an. Die kleinsten sind als letzte auf die Welt gekommen und jetzt wollten sie die Zeit nachholen, welche ihre Brüder schon gelebt haben, und es kam hinzu, dass es ihnen als Schmach erschien, am Rande der Hand zu stecken, weil sie immer die Hälse recken mussten, damit andere sie sehen konnten. Abgesehen davon gefiel es ihnen nicht, wie die älteren Brüder mit ihren Erfolgen prahlten, nur weil sie die höheren Plätze einnehmen durften und deshalb von den Jüngsten Gehorsam verlangten, wie es oft in einer Großfamilie der Fall ist, in der nicht alle gleichzeitig befehlen. Sie sollten erst erwachsen werden, bevor sie das Wort ergreifen. Dies war gewiss weder nach dem Sinn noch nach dem Verstand der Zerstrittenen, und so bestanden die zwei jüngsten Finger auch auf ihrem Recht. Sie behaupteten, dass alle um sie herum blind seien und nichts verstünden, und obwohl die Ältesten sie als Rebellen ansahen, fühlten sie in sich eine überirdische Kraft, welche imstande ist, die Planeten rückwärts zu bewegen und den Tag zur Nacht werden zu lassen. Also gebühre gerade ihnen, den Kleinsten, die größte Ehre, auch wenn sie noch nicht trocken hinter den Ohren seien.

Es entbrannte ein hitziger Streit, und jeder von ihnen fand wichtige Beweise dafür, dass gerade er der Beste sei und deswegen ihm der beste Platz an der Hand gebühre. Obwohl keiner den anderen von seiner Überlegenheit überzeugen konnte, weil jeder auch dasselbe sagte und dem anderen nicht zuhören wollte, auch der Hand nicht, die ihren geschwätzigen Kindern versicherte, dass sie alle ihr lieb und teuer und der Ehre würdig seien. Die zwei kleinsten Finger in ihrem Zorn warteten ab, bis die Hand, vom Lärm ihrer viel zu zahlreichen Nachkommen ermüdet, einschlief, und zogen in die Welt hinaus, um für sich Ruhm zu erlangen und, als wichtigstes Ziel, einen unparteiischen Richter zu finden, welcher über sie gerecht urteilen würde. Sie waren der Ansicht, wie alle, die den ersten Schritt in die Welt wagen, nicht weiter leben zu können, bevor es klar ist, wem von ihnen der erste Platz an der Hand gebührt.

Und da die zwei kleinsten Finger, wie es ganz verständlich in ihrem Alter ist, sich in dieser Frage nicht nur mit den ältesten Brüdern, sondern auch untereinander nicht einigen konnten, allein schon weil das Übermaß an jugendlicher Begeisterung ihre Ohren verstopfte, so beschlossen sie, dass jeder von ihnen seinen eigenen Weg gehen und ihre gemeinsame Heimat, die Hand, welche sie vereinte, einfach vergessen sollte.

Der eine Finger schlug den einen Weg ein, der andere einen anderen, um seinem Bruder nicht das verdanken zu müssen, was er allein erreichen wollte.

Obwohl sie auf verschiedenen Wegen wanderten, trafen sie sich einige Zeit später in der Nähe eines Königreichs, welches ganz am Ende der Welt lag und aus dem der Müll durch die Turmöffnungen einfach in das Nichts hinausgeworfen wurde.

– Guten Tag, lieber Bruder – sagte einer der Finger, erfreut über das Treffen nach langer Zeit.

– Guten Abend – antwortete der andere, froh, dass er endlich den Bruder traf.

– Jetzt werden wir uns niemals mehr trennen – sagte der erste Finger.

– Du bist inzwischen während deiner Wanderung richtig erwachsen geworden – gab der zweite Finger zu.

– Wir sind, seit wir uns getrennt haben, beide erwachsen geworden – gestand der Erste.

– Fühlst du noch alle Kraft in dir? – fragte der Zweite.

– Mehr denn je – versicherte der Erste, und sie beschlossen, zu zweit in diesem Königreich für sich nach Ruhm und für die Hand nach Ehre zu suchen.

Am Eingang zum Königreich standen die Wächter und spielten in der Dämmerung mit weißen Mäusen, um vor lauter Langeweile nicht einzuschlafen. Sie erblickten die zwei Finger und riefen – Wohin geht ihr? – und versperrten ihnen den Weg.

– Wohin die Augen führen – antworteten die Finger, sich höflich verneigend.

– Wonach sucht ihr?

– Für uns nach Ruhm und für unsere Heimat, die Hand, nach Ehre, aber hauptsächlich nach jemand, der zu urteilen vermag, wer von uns der Beste ist, damit wir unter unseren Brüdern den besten Platz einnehmen können und nicht auf den Hinterhöfen der Hand stecken bleiben.

Eigentlich hat während ihrer Wanderung dieser Gedanke sie nicht mehr so brennend interessiert, wie es früher der Fall war, aber um durch die Welt nicht mit leerem Kopf zu schlendern, hielten sie daran immer noch fest.

– Wer seid ihr denn? – fragten die Wächter interessiert. – Habt ihr Passierscheine, die bezeugen könnten, dass ihr gerade die seid, für die ihr euch ausgebt?

– Wir sind Finger – antworteten die Finger und wunderten sich, warum man so viel fragt.

– Hm! – nickten die Wächter, steckten die Köpfe zusammen und berieten sich untereinander.

– Wir werden euch unserer Königin vorstellen – sagten sie feierlich, richteten sich auf und führten die Finger zum königlichen Schloss, wo ihre Majestät, die Lampe, wohnte.

– Warum ist es in eurem Königreich so düster, dass man nicht wissen kann, ob es Tag oder Nacht ist – wunderten sich die Finger, als sie zum königlichen Schloss durch die leeren Straßen und Plätze der aschfahlen Stadt geführt wurden.

– Die Königin Öllampe ist unsere Sonne, – antworteten die Wächter und schlugen die Absätze zusammen. – Und falls ihr noch einmal behauptet, dass es in unserem Königreich düster ist, müssten wir euch um einen Kopf kürzer machen.

– Es lebe die Sonne! – riefen die Finger, und die Wächter eskortierten sie zum königlichen Schloss, in dessen Nähe den Ankömmlingen befohlen wurde, um Himmels willen auf Zehenspitzen zu gehen, um keinen Wind zu verursachen.

Die Finger blickten einander an und bekamen Lust über diese Warnung zu lachen, aber da die Wächter sie vorwarnten, dass man hier für das Lachen geköpft würde, hielten sie sich zurück und beschlossen, das Versäumte später nachzuholen.

– Wir haben hier zwei, die nach Abenteuern suchen. Sie sind eben im Königreich Ihrer Majestät angekommen, – riefen die Wächter ins Rohr, welches am Eingang stand und in welches die Untertanen hineinsprachen, um durch ihr Atmen keinen todbringenden Wind für die Königin zu verursachen.

Hinter der Lampe bewegte sich ein großes Gefolge und alle Minister, gemäß ihrem Rang, trugen lange vergoldete und versilberte Rohre mit, oder einfach Blasmuscheln aus Porzellan, durch welche sie die Worte der Untertanen übermittelten, damit nicht etwa aus

Versehen ihre Herrscherin ausgepustet würde. Die Bediensteten bestätigten ihr immer wieder, dass sie angeblich keine Öllampe, sondern die Sonne sei.

– Gut, – sagte die Öllampe, als die Minister durch das vergoldete Rohr von zwei Fingern berichteten, welche die Wächter zu ihr hergebracht hatten.

– Sprecht in diese große Urne vor mir, – befahl sie, – dadurch höre ich euch und muss nicht auf die Rohre meiner Minister warten. Aber pustet nicht, wie die Barbaren, welche keine königliche Etikette kennen, weil die Urne sehr empfindlich aufs Atmen reagiert. Was wollt ihr und woher kommt ihr?

– Unsere Heimat, die Hand, ist so weit entfernt von hier, dass möglicherweise die Kunde über sie kaum bis hierher gedrungen ist. Aber wir sind zu Ihnen gekommen, Sonnige Majestät, – sagten die Finger und fielen auf die Knie, – damit Sie urteilen, wer von uns der Beste ist, weil wir mit unseren älteren Brüdern uns darüber nicht einigen konnten und deswegen in die weite Welt gezogen sind.

– Ein sonderbares Begehren, – sagte die Königin und zog die Augenbrauen zusammen, – es ist doch ohnehin bekannt, dass ich die Beste bin.

– Das haben wir niemals bezweifelt, – riefen die Finger, – aber hätten Sie die Güte zu urteilen, wer Ihrer

Meinung nach von uns der Beste ist, weil wir uns auf Ihr Wort berufen möchten, um eine neue Ordnung auf der Hand einzurichten.

– Seid meine Ritter und ich werde es mir überlegen, – beruhigte sich die Königin. – Ich führe gerade Krieg gegen den Herrscher der Feuerkerze. Meine Gegner sind sehr hinterlistig. Sie sind unsichtbar und erscheinen immer da, wo man sie nicht sehen kann, und wenn man sie erblickt, ist es schon zu spät, daher ist es unmöglich gegen sie zu kämpfen. Sie haben mich der tapfersten Ritter beraubt. Jeder neue Kämpfer erfreut mein Herz. Dient mir ehrlich und als Belohnung werde ich urteilen, wer von euch zu was taugt. Ab heute ist mein Königreich für euch die Heimat, aber vergesst niemals, dass ich die Sonne bin!

– Es lebe die Sonne! – riefen die Finger und verlangten, dass man sie sofort in den Krieg gegen die unsichtbaren Gegner ziehen lasse, denn sie wollten möglichst bald ihre Kräfte messen, und vor allem einen Ort erreichen, wo es erlaubt war zu lachen, weil die Finger von Geburt an das Lachen und die Scherze liebten. In diesem Königreich der Lampe empfanden sie jedoch alles als lächerlich und konnten sich kaum auf den Beinen halten, um eine ernste Miene zu bewahren.

Daher waren sie froh, als die Königin endlich das Zeichen gab, dass die Audienz beendet war, und durch ihre Minister den Wächtern befahl, den Fingern den Pfad an den Rand des Königreichs zu zeigen, damit diese sofort die unsichtbaren Feinde, die Ritter der Feuerkerze, angreifen konnten.

Die Wächter führten die Finger bis zum steinernen Pfahl, wo das Königreich endete, wünschten ihnen Glück und Erfolg und erinnerten sie zum Abschied noch einmal daran, dass die Feinde, gegen welche die Königin sie in den Kampf schickt, unsichtbar seien; sie könnten also überall und nirgends sein, und man könne sie nicht angreifen, da sie selbst die Angreifer seien. Es tat ihnen leid um die Finger, aber Befehl ist Befehl, und alles geschieht so, wie es soll. Die betrübten Wächter gaben den jungen Helden noch eine weiße Maus zum Abschied und kehrten zu ihren Stellungen zurück.

Die Finger zögerten eine Weile, ob sie sofort weiter gehen sollten, doch als sie sahen, wie die ernsten Wächter in der Dämmerung verschwanden, die von Geburt an kein einziges Mal gelacht hatten, und da sie das Lachen, nach dem sie sich so sehr sehnten, während ihrer ganzen Reise durch das Königreich der Lampe unterdrücken mussten, so beschlossen sie, vor dem Krieg erst einmal richtig zu lachen. Schließlich soll man den Augen und dem Herzen ein wenig Freiheit gewähren. An der Grenze des Königreichs endete die Dämmerung, in welcher die Finger bis jetzt waren, hier schien hell die echte Sonne und am Rande, an dem das andere Reich begann, wuchs grünes saftiges Gras direkt aus der Erde und kitzelte die Nase mit dem Duft des Feldes. Die Finger fielen auf die Erde und hielten sich die Bäuche vor Lachen. Sie lachten, weil sie jetzt Ritter der Königin Lampe waren, über das, worüber die Wächter sprachen, über die weiße Maus, die von der Sonne erblindet war und sich nicht bewegte, und über alles, was sie bisher gesehen hatten.

Da das Lachen die Stimmung hebt und immer neue Scherze einleitet, malten sich die Finger aus, wie sie über ihre Abenteuer den Brüdern erzählen würden, und rollten auf dem Boden.

Über all dem Lachen merkten die Finger nicht, dass die unsichtbaren Feinde sie schon angriffen und gezielt ihre Waffen gegen sie richteten. Doch die Geschosse, gegen die Spaßvögel gerichtet, prallten wie Gummibälle an ihnen ab, denn es gibt in der ganzen Welt keine Waffe, die einen guten Scherz und das aufrichtige Lachen töten könnte.

Je heftiger die unsichtbaren Kämpfer mit den unsichtbaren Schwertern die Finger angriffen und auf sie einschlugen, desto mehr richteten sich die tödlichen Schläge gegen sie selbst. Und da es immer am schwersten ist, an das Selbstverständliche zu glauben, wurden die Ritter der Feuerkerze, die bisher nur Siege kannten, immer boshafter und schlugen gegen die unverwundbaren Gegner ein. Weil die Wut blendet, merkten die Untertanen der Feuerkerze nicht, wie ihre Schläge auf sie selbst zurückfielen, und dies in so verheerendem Maße, dass sie allesamt verwundet auf den Rücken fielen, wie die Käfer, und für immer vom Nichtsein verschluckt wurden.

Wie dies oft bei gefährlichen Schlachten passiert, waren die Finger siegreich, ohne sich anstrengen zu müssen. Doch es fiel ihnen plötzlich auf, dass sie dabei selbst unsichtbar wurden, und so kamen sie zu der Einsicht: Wer gegen jemanden kämpft, der wird so werden wie sein Gegner.

Als die Finger zur Lampe zurückkehrten, um ihre Belohnung für die Niederschlagung der unsichtbaren Feinde zu bekommen, weil sie den Auftrag so würdig erledigt hatten, mit anderen Worten das Urteil von der Lampe zu hören, wer von ihnen der Beste sei, schrie die Königin sie an, sofort zu verschwinden, weil das Unsichtbare nicht gehorsam sein kann, und Untertanen ohne Gehorsam braucht kein Herrscher.

Danach berieten sich die Finger untereinander und beschlossen, zur Heimat, der Hand, zurückzukehren. Es wurde ihnen plötzlich klar, dass sie kein Interesse mehr hatten zu erfahren, wer von ihnen der Beste ist. Denn ihre Kraft, während sie lachten, war so gewachsen, dass sie keinen Gegner mehr fürchten mussten.

Seit dieser Zeit schlossen die Finger Frieden untereinander und lebten in Eintracht mit ihren Brüdern am Rande der Hand. Aber jetzt sieht sie keiner, da sie unsichtbar geworden sind, und als solche wieder den Platz neben ihren Verwandten eingenommen haben.

Wenn die Hand etwas wirklich Großes zu leisten hat, helfen ihr immer die zwei unsichtbaren Finger dabei, obgleich es selbstverständlich keiner merkt. Was auch nicht verwunderlich ist, denn das Große und Ideale ist bekanntermaßen immer unsichtbar.

* * *

– Es ist eine viel zu apodiktische Behauptung, – rief der Schakal und drehte sich zur anderen Seite um. – Das Unsichtbare, wie letztlich jede übersinnliche Kraft, auf welche ein Lebewesen Zugriff hat, neigt dazu, die Eigenschaft anzunehmen, die ihm das Wesen vorgibt, welches sie benutzt. An einem schlechten Ort kann niemals etwas Gutes erwachsen.

– Glaubst du nicht, dass manchmal das Böse zum Guten werden kann?

– Ich bin geneigt zu behaupten, dass es eher umgekehrt ist. Das Böse klebt öfter an etwas Lebendigem, als das Gute.

– Hängt dies ausschließlich von der Erziehung ab?

– Klar, jedes Wesen hat seine Phasen, wie der Mond am Himmel. Dennoch bin ich der Meinung, dass Unkraut sich nicht in Weizen verwandelt. Dafür gibt es unzählige Beweise.

Das Märchen von dem Stier
und dem Schmetterling

Einmal hat eine Kuh, die mit anderen Kühen auf der Weide eines guten Bauern täglich das saftige Gras genießen durfte, ein Kalb zur Welt gebracht, dem vom Schicksal bestimmt war, ein geflügelter Stier zu werden.

Solange der Kleine sich noch von der Muttermilch ernährte und mit anderen Kälbern auf der Weide sorglos und lustig herumtobte, dachte er nicht an seine Zukunft. Doch in dem Maße, wie seine Beine kräftiger wurden, im gleichen Maße bemächtigten sich seines Gehirns runde und längliche Gedanken, und sie wuchsen genauso schnell wie seine Muskeln. Noch bevor der Bauer seine Herde auf eine andere Weide getrieben hatte, war aus dem kleinen Kalb ein ansehnlicher junger Stier geworden, dem in der neuen Umgebung die sehnsüchtig verträumten Blicke von jungen Kühen folgten, und den auch die Ochsen in Augenschein nahmen, welche auf dem Feld schwer schuften mussten.

– Gehören diese Ochsen mit den hervorstechenden Augen, den angeschlagenen Knien und den wunden Rücken, über denen ständig Fliegen und Bremsen kreisen, ebenfalls zum Geschlecht der Stiere? – fragte der junge Stier zwei etwas ältliche Kühe. Diesen blaublütigen Tanten hat seine Mutter die Erziehung ihres geliebten Erstgeborenen anvertraut, damit das Kind beizeiten korrektes Benehmen lernt und man sich seiner nicht schämen muss. Obgleich moderne Zeiten auch an der Schwelle dieser Herde angekommen waren, wo niemand mehr nach einer ausgesuchten Etikette verlangte, beriefen sich zuweilen sogar die jämmerlichsten dreckigen Kühe, die mit der Entwicklung Schritt hielten, mit Vorliebe auf die nebulösen Geschichten ihrer Urgroßmütter, auch wenn viele an solche Legenden nicht glaubten, dass nämlich aus dem Geschlecht der Kühe, das einmal mächtig und frei war, sogar Götter und Göttinnen hervorgegangen waren, dass früher einmal sich sogar Königinnen in Stiere verliebten, und dass irgendwo am Rande der Welt, wo große Mühlen die Existenz in diese Welt befördern, es bis heute noch ein Land geben soll, wo man die Kühe ehrt und sie als heilig betrachtet.

Obwohl diese guten Tanten dem neu ange-kommenen jungen Stier alle seine Fragen gerne beantworteten, bei dieser einen Frage sind sie seltsamerweise stets taub geblieben. Und als der Stier immer dringender nachfragte, da er unbedingt wissen wollte, ob auch Ochsen zum Geschlecht der Stiere gehörten, kamen den Kühen Tränen in die Augen und sie begannen bitterlich zu weinen. Schließlich, nachdem sie sich etwas beruhigt hatten, machten sie erst mal einige Male „Muh", dann sagten sie, er solle sie nie mehr danach fragen, denn wenn er in seinem jungen Alter zu viel wisse, würde er später ein schweres Leben haben.

Obgleich der junge Stier dieses Verbot sehr schnell vergaß und bei nächster Gelegenheit seine Frage wieder stellte, haben die Kühe, seine Lehrerinnen, die normalerweise ziemlich gesprächig waren, sich jedes Mal traurig in Schweigen gehüllt, und sogar seine eigene Mutter schaffte es nicht, auch nur ein Wörtchen zu sagen.

Daraufhin beschloss der junge Stier, die Ochsen selbst zu befragen, ungeachtet der Tatsache, dass ihm strengstens verboten war, sich ihnen zu nähern, geschweige denn sich mit ihnen auf ein Gespräch einzulassen.

Diesen jugendlich draufgängerischen Stier über-kam aber eine Neugier, die er nicht zähmen konnte, denn wie alle in seinem Alter, brannte er vor Begierde, so schnell wie möglich jedes Geheimnis zu lüften, das sich ihm in den Weg stellte. Es nutzte den Augenblick, als seine Mutter und die lieben Tanten, seine Erzieherinnen, im Schatten unter einer Weide ihre Mittagsruhe genossen, der Bauer vom Nachbarsfeld mit einem Eimer sich ins Tal zum Bach begeben hatte, um Wasser zu holen, und rannte zu dem Stacheldrahtzaun und richtete lauthals seine Frage an die Ochsen.

Nicht nur, dass die Ochsen ihm nicht antworteten, sie würdigten ihn nicht mal eines Blickes. Eine solche Reaktion ermunterte den Stier erst recht weiterzumachen, denn er hatte sich vorgenommen, so lange sich nicht vom Fleck zu rühren, bis er eine Antwort bekommen würde.

Folglich stützte er sich mit den Beinen auf das hölzerne Tor des Stacheldrahtzauns und brüllte so lange, bis einer der Ochsen es schließlich nicht mehr aushielt und wütend zurückbrummte, dass auch ihn, den jungen Stier, ebenfalls ein solches Schicksal einmal ereilen würde. Sein Poltern und Schreien sei völlig umsonst, denn alle Bauern möchten lieber keine Bullen, sondern Ochsen besitzen, und wenn da nicht die Sorge um den Erhalt der Rasse wäre, gäbe es längst keinen Stier mehr, geschweige denn einen Zuchtbullen. Ein Zuchtbulle zu sein, und dies weiß auch eine dumme Henne, dafür gibt es sehr viele Kandidaten, denn jeder möchte einer werden. Doch auch ein Zuchtbulle zu sein ist nicht das größte Glück. Denn ein Zuchtbulle ist noch lange kein wilder Stier, der als einziger weiß, was Freiheit bedeutet, die das höchste Gut ist. Der Zuchtbulle ist genauso ein Gefangener des Bauern, wie Ochsen, mit dem einzigen Unterschied, dass er weniger gequält und zu harter Arbeit gezwungen wird, von der sogar die Pferde zugrunde gehen.

Nach diesem Gespräch dachte der junge Stier zum ersten Mal in seinem Leben gründlich nach und beschloss, einen anderen Weg zu gehen. Ab diesem Moment hat der Freiheitsgedanke tief in seinem Stierherzen Fuß gefasst. Doch davon wollte er nicht einmal den eigenen Tanten etwas verraten, denn sobald er ganz zaghaft über die ferne Vergangenheit zu sprechen anfing, um zu erfahren, ob irgendjemand aus ihrer Familie, seit sie beim Bauern lebten, hinter diesem Zaun jemals die Freiheit gesucht hatte, schüttelten die Kühe furchtsam die Köpfe und erklärten dem unerfahrenen Neffen, dass dort hinter dem Zaun in Freiheit nur Wölfe und Löwen herumliefen. So sei es für das Glück der Kuhfamilie viel besser beim Bauern zu leben, denn wenn irgendjemand – und es kam höchst selten vor – dennoch in die Freiheit hinauslief, von ihm hat man nur noch abgenagte Rippen und Hörner gefunden. So ist das traurige Schicksal der Ochsen immer noch besser als der Rachen des Wolfs oder des Löwen. Also steht es wohl fest, dass die Kuhfamilie dazu verdammt ist, an Freiheit überhaupt nicht zu denken.

Solche Überlegungen konnten den jungen Stier überhaupt nicht zufriedenstellen, aber er sprach nicht laut darüber, um seine Beschützerinnen nicht unnötig traurig zu stimmen. Doch wie sollte er nicht an Freiheit denken, wenn seine Vorfahren sie einmal genießen durften, bevor sie, man weiß nicht wie, sie verloren hatten und seitdem der Gnade der Bauern ausgeliefert waren. Da von Tag zu Tag der Körper des jungen Stiers immer kräftiger wurde, in seiner Brust das Herz immer lauter schlug und das Blut in den Kopf strömte, so dass er selbst gar nicht merkte, wie aus dem kleinen Kalb ein ausgewachsener Stier wurde, da passierte es – als eines Tages der Bauer gerade seine ganze Herde auf die Weide mit besonders saftigem Gras hinter den hohen Zaun trieb, sprang der Stier über den Zaun, zertrümmerte mit der Brust und den Hufen alles, was sich ihm in den Weg stellte, und zog hinaus in die weite Welt.

Fast wäre er dabei selbst zugrunde gegangen, wie seine Vorgänger, denn der Bauer hetzte seine scharfen Hunde auf ihn. Vor dem Untergang konnten ihn nur seine schnellen Beine und ein großer Fluss retten, in den er von dem hohen Felsen sprang, lieber den Tod als die Unfreiheit vor Augen. Nach kurzer Zeit, noch bevor alle seine Wunden geheilt waren, lernte er, wie man sich nicht nur gegen Hunde, sondern auch gegen Wölfe und Löwen mit seinen Hörnern und Hufen verteidigt, und alle Fallen auf dem Weg meidet. Jetzt hatte er viel mehr Muskeln als volles fettes Fleisch, denn er musste auch Hunger und Durst leiden, und die Freiheit, hinter der stets die Gefahr lauert, machte ihn klug und erfinderisch. Er lernte nicht nur Flüsse, sondern auch Meere zu überqueren, nicht nur Frost und Hitze zu ertragen, sondern auch Berge und Wüsten zu überwinden.

Die Jahre zogen schneller vorbei als das Wasser nach einem Regenguss abfließen kann, er war nun nicht mehr so jung und nicht ganz so wendig, aber immer noch recht kräftig. Eines Abends, als er sich anschickte zwischen zwei Dünen zu übernachten, erblickte er einen Wüstenfuchs, der in seinen Vorderpfoten sechs kleine Beutelchen hielt, und begann ein Gespräch mit ihm.

Eigentlich hat der Wüstenfuchs zuerst den Stier angesprochen, denn als der Stier gerade dabei war sich in den Sand zu legen, blickte der Wüstenfuchs hinter dem Kamm der Düne hervor, grüßte ihn, und indem er alle sechs Beutel über seinen großen Ohren hochhielt, fragte er, ob dieser ihn über den trüben reißenden Fluss auf die andere Seite bringen könnte. Dieses einst trockene Flussbett, früher mit stacheligen ausgetrockneten Sträuchern bewachsen, sei jetzt voller Wasser nach den Regengüssen, die irgendwo in den Bergen gefallen seien und ihm nun den Weg versperrten. Er sagte, er müsse unbedingt auf die andere Seite wegen sehr wichtiger Angelegenheiten, die keinen Aufschub duldeten. Und da der Stier, trotz seines strengen Aussehens, ein gutes Herz hatte, willigte er ein, obwohl er müde und schläfrig war.

– Ich überquere ungern Flüsse in der Nacht, doch wir haben gerade Vollmond und man sieht alles wie am Tag. Setz dich auf meinen Rücken, halte dich an den Hörnern fest, und ich bringe dich schnell hinüber, – sagte der Stier und es fiel ihm auf, dass der Wüstenfuchs, im Gegensatz zu seinen Artgenossen, zwei Gesichter hatte.

– Ich sehe zum ersten Mal einen Wüstenfuchs mit zwei Gesichtern, – sagte der Stier verwundert, doch der Wüstenfuchs verneinte dies und winkte mit seinen Pfoten ab:

– Ich habe nur ein Gesicht, wie alle meinesgleichen. Aber dies kommt dir so vor, weil ich meinen Kopf viel zu schnell hin und her bewege, indem ich mal in die Vergangenheit, mal in die Zukunft schaue.

– Bist du etwa nicht ein Wüstenfuchs?

– Sicher bin ich einer. Außerdem bin ich auch ein Jäger der Zeit. Doch die Zeit, nach der ich jage – die aus kleineren und größeren Goldkörnchen besteht, die hier in den Beuteln sich befinden – darf ich selbst nicht behalten. Jeder Zeitabschnitt, den ich behalte, stirbt, und ich habe den Auftrag, lebendige Zeit zu Tieren, Menschen und ganzen Völkern zu tragen. Deswegen ist es mir so eilig, denn du weißt ja selbst, die ganze Welt gründet sich auf Pflichten, die ich übrigens sehr gerne erfülle. Ich muss allerdings ganz besonders darauf achten, dass diese Beutel nicht nass werden, denn in diesem Falle verwandelt sich die gute Zeit in schlechte, und ich darf den Empfänger, für den ein Beutel bestimmt ist, auf keinen Fall ändern.

– Schön, – antwortete der Stier. – Setz dich, ich bringe dich hinüber. Dann soll kommen, was mag.

Jedoch, ob der Stier zu müde war oder das Wasser zu reißend, schwer zu sagen, doch trotz der Mühe, die der Stier sich gab, um die Strudel zu meiden, wurden sie, als sie fast schon das Ufer erreicht hatten, von einer Welle erfasst, die größer war als erwartet und auf die weder der Wüstenfuchs noch der Stier vorbereitet waren. Davon wurde einer der sechs Beutel nass.

– Wie schrecklich, – sagte der Wüstenfuchs bekümmert – warum werde ich so vom Pech verfolgt, dass ich für deine Güte und Anständigkeit mit Bösem bezahlen muss. Gerade diesen Beutel sollte ich deinem Stamm überbringen. Da er jetzt mit Wasser in Berührung kam, welches das Gute wie das Böse ins Gegenteil verwandelt, so haben sich nun alle Körner der Zeit, die auch nur einen Hauch von Wohlergehen und Glück enthielten, in Unheil und Seuche verwandelt. Ich habe den strikten Befehl, ganz gleich ob es mir gefällt oder nicht, den Beutel dem vorbestimmten Empfänger zu übergeben, in diesem Falle den Nachkommen der Kühe, ohne Rücksicht darauf, dass dies ihren Tod bedeutet.

– Warte, – sagte der Stier, – ich bin doch auch ein Nachfahre der Kühe. Ich habe lange auf dieser Welt gelebt, habe Freud und Leid erfahren, und ich fürchte mich nicht vor dem Tod. Wenn du mir diesen Beutel gibst, kannst du ruhigen Gewissens deinem Auftraggeber berichten, dass du ihn vorschriftsmäßig dem Empfänger überreicht hast. Sogar wenn ich sterbe, werden meine Tanten, ihre Töchter, Enkel und Urenkel am Leben bleiben, und mein Geist wird sich freuen, dass der Stamm, innerhalb dessen ich diese Welt erblickt habe, nicht umgekommen ist, auch wenn meine bleichen Knochen im Sand verweht werden.

– So soll's sein, – sagte der Wüstenfuchs, – obwohl es mir um dich sehr leid tut, aber ich kann nichts dagegen tun. So ist der höhere Wille. Hier hast du den Beutel. Aber öffne ihn nicht vor dem ersten Sonnenstrahl, denn es ist die Sonne, die das Böse verkleinert, die Nacht hingegen macht es größer. Leider habe ich nichts, um dir meine Dankbarkeit zu zeigen dafür, dass du mich auf die andere Seite getragen hast. Ich habe nur ein kleines Schlafkügelchen, das möge dir bis zum Sonnenaufgang reichen.

– Leb wohl! – sagte der Stier, der es nicht liebte, sich lange zu verabschieden. Jetzt bemerkte er, dass um ihn herum lauter Sanddünen waren.

– Alles Lebendige muss einmal sterben, – stellte er fest, machte es sich bequem unter einer Düne, legte sich das Geschenk des Wüstenfuchses, das Schlafkügelchen, auf die Wange, das sofort seine Wirkung zeigte. Doch seine letzte Ruhepause dauerte nicht lange, denn hinter der Düne zeigte sich bald ein Sonnenstrahl. Daraufhin sprang der Stier sofort auf die Beine, und da er sich an die Worte des Wüstenfuchses erinnerte, öffnete er das Beutelchen.

Wie groß war nun sein Erstaunen, als aus dem Beutel ein rosaroter Schmetterling herausflog und sich vorsichtig auf seine Nüstern setzte.

– Wer bist du? – fragte der Stier, während er auf sein Nasenloch schielte.

– Ich bin der Tod, – antwortete der Schmetterling, und setzte sich auf den Rücken des Stiers, der in diesem Augenblick eine bisher ungekannte Last verspürte, die seine Beine lähmte und ihn in den Sand stürzen ließ.

– Ich habe mich nie vor dir gefürchtet, denn du warst immer mein Freund, – behauptete der Stier. – Nur wer den Tod seinen Freund nennen kann, darf sich rühmen, dass er gelebt hat. Und ich habe nicht nur gelebt, ich habe immer gewusst, dass du wunderbar bist, obgleich ich nie auf den Gedanken gekommen bin, du wärst ein Schmetterling.

– Ich liebte immer die Mutigen, aber du bist der einzige, dessen Liebe stets unverändert war, – sagte der Tod. – Du bist der einzige, der sich vor mir nie gefürchtet hat, deswegen werden wir uns ab heute nie wieder trennen, denn auch der Tod braucht einen treuen Freund.

Langsam setzte sich der Schmetterling auf die Brust des Stiers, wodurch ihm der Atem stockte, doch als er es endlich geschafft hatte aufzuatmen, spürte er gleichzeitig mit dem Atmen, wie sein Körper straff wurde, während aus seinen Schulterblättern große vielfarbige Flügel erwuchsen und um das Stiermaul der schwarze Bart eines Menschen zum Vorschein kam.

Seit jener Zeit sagt man, dass ein geflügelter Stier, der den Tod als Schmetterling auf seinem Rücken trägt, sich für immer am Rande der Wüste niedergelassen hat, wo die beiden bis heute leben.

* * *

– In Wahrheit ist der Tod niemals ein Freund – brach nach langer Pause der Schakal das Schweigen. – Und ich würde lieber einen gewissen Abstand von ihm halten, obwohl sicher, über Geschmack lässt sich streiten. Doch viele tun heute das, worüber sie nicht streiten und ich glaube, dies ist verlorene Zeit. Kann man es letztlich allen Recht machen?

– Es jemandem nicht Recht zu machen, bedeutet noch lange nicht, das Messer zu zücken.

– Wer weiß, mit zunehmendem Alter bin ich eher der Meinung, dass damals, als alle sofort zu einem Messer griffen, das Leben viel einfacher war und einen Sinn hatte. Jetzt gibt es viel zu viele Grasfresser, die das Gleichgewicht der Natur stören.

– Wenn die Fleischfresser sich mehr um die Stabilisierung der Welt kümmern würden, wären wir beide nicht Zeugen von solchen Schwierigkeiten, die nicht nur für die einzelnen Lebewesen, sondern auch für das gesamte Leben eine Gefahr bedeuten.

– Es gibt zu viele Grasfresser.

– Es gibt zu viele Fleischfresser.

– Warum sollten wir streiten. Halten wir uns doch an unsere Abmachung.

– Einverstanden.

Das Märchen von der Schnecke

Auf seinem Weg durch einen dichten Tannenwald bemühte sich ein Mann noch vor Sonnenuntergang das Haus zu erreichen, wo er eine Bleibe und etwas zu essen bekommen würde, als er eine lange schwarze Schnecke bemerkte, die auf den ersten Blick wie eine kleine frisch geschlüpfte Schlange aussah. Vorsichtig machte er einen Schritt darüber, um das schutzlose Tier nicht zu zerquetschen, doch was ihn verwunderte war, dass er noch nie im Leben eine solch lange und gut genährte Schnecke gesehen hatte. Als er sich bückte, um sie von der Nähe zu betrachten, fiel ihm auf, dass die Schnecke auf ihren Hörnern eine kleine goldene Krone trug.

„Es gibt tatsächlich viele wundersame Dinge auf der Welt", dachte dieser Mann, der bereits viel herumgekommen war, „warum sollte der Allmächtige nicht auch ein kleines Wesen beschenken. Gut, dass durch diesen Wald selten jemand geht, denn es gibt verschiedene Menschen. Vielleicht kommt ein böser Mensch vorbei, der gierig nach der Goldkrone greift, obgleich hier so wenig Gold dran ist, und der achtlos die Schnecke zertritt, dieses kleine schutzlose Wesen, das keine Beine hat, um vor einem Angreifer zu entfliehen." Mit diesem Gedanken riss er vom Brombeerstrauch ein Blatt ab, bedeckte damit die Schnecke und das

Krönchen, und ging seines Weges. Kaum hatte er einen Schritt gemacht, als jemand ihn rief. Der Mann drehte sich um, sah aber niemanden außer der Schnecke.

– Ich bin der Waldgeist – sagte die Schnecke, da der Mann sich anschickte, weiter zu gehen, in der Annahme, er habe sich verhört. – Ein Mal im Jahr, genau um diese Zeit, erlaubt mir das Gesetz des Waldes die Gestalt eines schutzlosen Tieres anzunehmen, und dadurch das menschliche Herz und den eigenen Mut auf die Probe zu stellen. In dem Augenblick ist es möglich, mich zu vernichten, da ich schwach bin und schutzlos dem Tod in die Augen blicke. Sonst bin ich stark und niemand kann mich überwinden. Da du mich nicht zertreten, sondern mit diesem Blatt mich sogar geschützt hast, da du nicht gierig nach meiner Krone gegriffen hast, schenke ich dir drei Fähigkeiten, die dir irgendwann im Leben nützlich sein werden: die erste – in die Erde zu versinken, die zweite – die Sprache von Mohnkörnern zu verstehen, und die dritte – auf einem Kürbisgeist zu reiten.

Sicherheitshalber schaute der Mann in der Gegend umher, um sich zu vergewissern, dass tatsächlich die Schnecke spricht und nicht jemand, der sich hinter einem Baum versteckt hält und ihn verspottet, doch da war überhaupt niemand zu sehen, außer ein paar

Krähen, die von Zeit zu Zeit zwischen den Fichten-
stämmen aufflatterten.

„Habe ich wirklich so etwas nur wegen der
Müdigkeit nach langer Wanderung durch den Wald
gehört," – überlegte der Mann zweifelnd. Als er an einer
alten moosbewachsenen Eiche vorbeikam, beschloss er
nachzuprüfen, ob er es tatsächlich schaffen würde in die
Erde zu versinken.

Kaum gedacht, schon fühlte er, dass er in die Erde
stürzt, an der Eichenwurzel entlang, und auf einem Pfad
landet, der zu einem großen Platz führt, wo ein Markt
abgehalten wird und wo unzählige Menschen sich
befinden, die angekommen oder angereist sind.

Der Mann ging an den Ständen vorbei und ihm
stockte der Atem vor so viel Essbarem: Hammel,
Schweine und Ziegen wurden gebraten, an Spießen
Fische gegrillt, Kuchen, Semmeln und Brot wurde
angeboten sowie frisches Gebäck, gefüllt mit Bohnen
und Fleisch, das er so liebte. Doch er hatte keinen Cent
in der Tasche. „Nichts hat einen Wert, wenn man kein
Geld hat, um wenigstens ein kleines Backwerk zu
kaufen" – dachte er im Vorbeigehen. „Die Schnecke hat
mir Gaben geschenkt, mit denen ich nichts anfangen
kann. Viel lieber hätte ich ein paar Münzen in der
Tasche, um eine Semmel zu kaufen und den Hunger zu
stillen. Und klauen kann ich nicht, abgesehen davon, gibt

es hier zu viele Menschen, da würde man einen Dieb sofort fassen."

Mit solchen Gedanken beschäftigt, ging er an einem Stand vorbei, wo eine Marktfrau Mohn verkaufte, und es kam ihm vor, als ob jemand seinen Namen ruft und sich über ihn lustig macht, dass er sich dumm benehme und nicht einmal wisse, dass er einen Schatz in seinem Mund trägt.

Der Mann blieb stehen, verwundert, wer ihn hier unter all den fremden Leuten kennt, bis er merkte, dass die Mohnkörner miteinander schnatterten und auf dem Stand den größten Krach veranstalten, obwohl andere es gar nicht merken.

Er blieb stehen und tat, als würde er Spatzen beobachten, damit die Marktfrau ihn nicht ausschimpft, dass er bei ihr nichts kauft. Er blickte zum Mohn und sah, dass jedes Körnchen Füßchen hat, die mit einem winzigen Tuch zusammengebunden sind, und mit diesen Füßchen stampfen sie, damit niemand versteht, worüber sie reden. Doch der Mann verstand sehr wohl, dass sie über ihn redeten und dass ein jedes von ihnen auch noch mit den Enden des Tüchleins auf ihn zeigte.

– Schaut hin, Schwesterchen – schrie ein besonders vorlautes Mohnkörnchen – da schlendert ein ausgehungerter armer Wicht, der gar nicht weiß, dass es reicht, einmal auf die Erde zu spucken, damit aus dem Speichel eine Goldmünze erwächst.

– Er trägt einen ganzen Schatz in seinem Mund! – begeisterte sich ein anderes.

– Genau – fügte das Nachbarkörnchen hinzu – doch er darf nur sieben Mal spucken, um sich daran zu bereichern, beim achten Mal – Stopp! Sonst geht's ihm an den Kragen.

„Wird es wirklich so sein, wie die Mohnkörner sagen", wunderte sich der Mann.

Und da der Hunger größer war, als seine Zweifel, beschloss er dies auszuprobieren. Die Schnecke hatte ihm die Fähigkeit gegeben, in die Erde zu versinken, warum sollten nicht auch die Mohnkörner mit ihrer Behauptung Recht haben. Vielleicht würde ihm diese Fähigkeit helfen.

Er suchte nach einem versteckten Ort, damit niemand merkt, was er tut, verdeckte mit der Handfläche den Mund und spuckte.

Und tatsächlich, auf der Erde glänzte eine goldene Münze. Der Mann biss darauf und überzeugte sich, dass es echtes Gold war. Hoch erfreut, kaufte er Speisen und Getränke ein. Und da es einem Menschen allein nie so gut schmeckt, wie in Gesellschaft, hat er noch einige Lumpengesellen, wie er selbst einer war, ebenfalls bewirtet. Unversehens kamen Bekannte und Freunde zum Vorschein.

Nachdem er sich gesättigt hatte, fiel sein Blick auf seine Kleidung und er sah, dass sie alt und ausgetragen war und die Schuhe Löcher hatten. Er ging wieder beiseite, spuckte nochmal, und besorgte sich neue Kleidung. Als er ordentlich gekleidet an den Ständen vorbei spazierte, machte sich auch noch eine geschminkte Schönheit an ihn heran. Kaum, dass er sich's versah, waren alle sieben Münzen weg. Doch da waren die neuen Freunde und Bekannten, die nicht glauben wollten, dass seine Taschen leer waren.

„Sieben Mal habe ich auf die Erde gespuckt, und jedes Mal erschien ein goldener Taler", dachte der Mann bei sich, „warum sollte sich das ändern, was bisher so gut gelungen ist. Bestimmt hatten die Mohnkörnchen etwas anderes im Sinn. Man darf doch im Leben nicht zu ängstlich sein. Es ist allgemein bekannt, dass die Gefahr auf den Menschen seit seiner Geburt überall lauert, aber der Mutige stirbt nur einmal, und ein Feigling tausend Mal."

So nutzte er den Augenblick, als die Schönheit seinen zahlreichen Freunden und Bekannten einen saftigen Witz erzählte, suchte sich ein Versteck zwischen den Häusern, damit ihn niemand sehen konnte, und spuckte ein achtes Mal auf die Erde.

Obwohl der Mann eine Hausecke fand, wo niemand vorbeifährt oder vorbeigeht, fiel sein Speichel geradewegs ins Auge des Königs, der in einer silbernen Kutsche, gezogen von Pferden mit vergoldetem Zaumzeug, mit zahlreichem Gefolge, auf der breitesten Straße zwischen den Häusern vorbeifuhr. Sofort stürzte sich die Wache mit gezückten Schwertern auf ihn, legte ihn in Ketten und warf ihn in den Kerker. Die Herolde gaben den Willen des Königs bekannt, dass dieser Mann am nächsten Tag öffentlich gerädert werde, denn so etwas gab es nie, dass irgendein Landstreicher ohne Adel in aller Öffentlichkeit dem König ins Gesicht spuckt. Der Mann schwor lauthals, dass er niemals im Sinn hatte, irgendjemanden zu bespucken, schon gar nicht den König.

„Ich habe nicht auf die Stimmen der Mohnkörnchen gehört, jetzt habe ich die verdiente Strafe", jammerte der Mann verbittert im Kerker. Jetzt erinnerten sich weder Freunde noch Bekannte an ihn, auch die Schönheit nicht, die versprochen hatte, ihn niemals zu vergessen.

„So ist gekommen, wie es kommen musste, und niemand ist schuld, nur ich selber", dachte der Mann und bekam Lust, wenigstens durch die Stäbe des Kerkers ein letztes Mal die Welt zu sehen.

Er stieg auf einen Hocker, fasste die Stäbe und sah hinaus, doch überall war ödes Land und keine Menschenseele zu sehen, nur ein kleiner Kürbisgarten, den jemand angelegt hatte, von einer Steinmauer umgeben, an der bereits die Kürbisstängel kletterten.

Da erinnerte er sich daran, dass die Schnecke ihm auch die Fähigkeit geschenkt hatte, auf einem Kürbisgeist zu reiten. Da der Mensch bei Gefahr auch nach einem Strohhalm greift, weil er ihm wie ein Balken vorkommt, rief der Mann den Kürbisgeist an, dass er ihm helfen möge, aus diesem Schlamassel herauszukommen. Plötzlich krachte es neben ihm, dass er erschrak, als wäre ein schweres Gewicht auf den Boden gefallen. Dann blähte sich das Gewicht auf und wurde zu einem runzligen gelblich-roten Kürbis, der sich sogleich bis zu den Kernen aufrollte. Aus der langgezogenen Schale erhob sich lächelnd ein gelber Riese, dessen nackte Brust über und über mit Kürbistrieben bewachsen war.

– Kannst du mich hier herausholen? – fragte der Mann.

– Was bedeutet „kannst du" und was „kannst du nicht"? – fragte interessiert der Kürbisgeist.

– „Kannst du" bedeutet, ob du es vermagst – erklärte der Mann.

– Das verstehe ich nicht – zuckte der Geist mit den Schultern.

– Aber ich habe dich gerufen, und du bist erschienen! Vorher konntest du es tun, und jetzt kannst du es nicht!

– Ich weiß nicht, ob ich etwas kann oder nicht. Du hast befohlen, ich bin erschienen – entgegnete der Kürbisgeist zerknirscht. Da wurde dem Mann klar, dass man mit einem Geist nur in Befehlsform sprechen kann.

– Bring mich aus dem Kerker heraus, und das sofort! – rief der Mann. Der Kürbisgeist drehte sich herum, umschloss den Mann wie ein weicher durchsichtiger Trichter, und der Mann spürte, dass der Geist ihn hinaustrug so schnell, dass ihm schwindlig wurde. Und nun befand er sich wieder auf jenem Pfad im Wald, wo er die Schnecke mit dem Goldkrönchen sah.

– Ich danke dir herzlich, – sagte der Mann und verbeugte sich tief vor der Schnecke – danke, dass du mir durch deine drei Geschenke das Leben gerettet hast. Doch ich muss sie dir wieder zurückgeben. Ein Mensch ist nicht imstande etwas zu gebrauchen, was seine Fähigkeiten übersteigt, denn dies bringt nur Probleme mit sich.

– Möge diese Erkenntnis dir für immer erhalten bleiben, – antwortete die Schnecke. – Da du aber diese äußerlichen Geschenke aus eigenem Antrieb mir zurückgegeben hast, ist dir ein inneres Geschenk zuteil geworden: das Bewusstsein, dass im Inneren deines Herzens eine besondere Perle gewachsen ist. Ab heute bist du der reichste Mensch auf der Welt, unwichtig, ob du in Lumpen oder in Samtkleidern wandelst, ob du in einer einfachen Hütte oder in einem Palast mit Kristallwänden wohnst, denn alle Reichtümer befinden sich in deinem Inneren. Und wenn diese kleine Perle in deinem Herzen so groß wird, dass von dir nur noch die Haut übrig bleibt, wirst du den Pfad beschreiten, auf dem wir gerade stehen – welcher der rettende Licht- strahl ist, den der Allmächtige vor jedem Lebewesen ausbreitet.

* * *

– Für dich sieht die Welt viel zu rosig aus – stieß durch die Zähne der Schakal, während er seinen Schwanz kämmte.

– Und für dich ist die Welt zu düster.

– Ich habe einfach mehr Lebenserfahrung.

– Entschuldige, aber ich bin auch nicht erst seit gestern auf der Welt. Ich lebte schon bevor du überhaupt geboren wurdest.

– Das ist kein Argument. Sogar der Allmächtige verschenkt seine Gaben nicht so mir nichts, dir nichts, überall herum.

– Ich bin anderer Meinung. Außerdem ist in jedem Geschenk auch eine Lehre verborgen, obwohl die meisten es nicht mögen, dass man sie belehrt.

– Nicht wir haben die Welt erschaffen. So, wie sie ist, so bleibt sie auch.

– Wer weiß. Sobald ein Lebewesen möchte, dass sich sein Leben verändert, dann wird es sich ändern, aber nicht jeder ist imstande sich daran zu halten.

– Ein Mensch glaubt in den seltensten Fällen, dass das, worauf er so sehnsüchtig wartet, in Erfüllung geht, wie zum Beispiel jener Mann, der auf den Kieselstein, den das Meer ihm schenkte, verzichtet hat.

– Wenn man es nur wüsste!

– Dann hör zu:

Das Märchen vom Kieselstein
als Geschenk des Meeres

Es gab einmal einen Mann, der seit seiner Geburt immer nur Misserfolge hatte, und so wurde er immer misstrauischer, und schließlich müde vom unentwegten Kampf gegen das böse Schicksal. Da das Unglück ihn ständig verfolgte wie ein wilder Hund, und alles raubte, was er nur ansah, beschloss er, sich umzubringen, und weil bei ihm nicht einmal ein verfaultes Seil zu finden war, um sich aufzuhängen, begab er sich zum Meer, das in seiner Nähe war, und beschloss sich zu ertränken.

„Auf dieser Welt gibt es für mich kein Leben mehr, so finde ich Glück vielleicht unter den Toten" – dachte er. Am Meeresufer sah er einen Felsen, der weit hinaus bis übers tiefe Wasser ragte. Von dort aus könnte er nicht mehr auftauchen, auch wenn er es wollte.

Er fand, dass dies die beste Stelle war, von wo am schnellsten und vor allem am gründlichsten der Übergang in die andere Welt erfolgen könnte, und er begann den Felsen hinauf zu klettern, in der Hoffnung, dass es ihm dieses eine Mal gelingen würde, sein Vorhaben auszuführen.

Als er seine beiden Arme über den Kopf hob, um ins Meer zu springen, sah er, dass plötzlich eine Riesenwelle von einer Seite anrollte, die beinahe die Höhe des Felsens erreichte. Dort brach sie, und aus ihrer Mitte, die Wassertropfen von sich schüttelnd, entsprang ein völlig trockenes Meer.

Sei gegrüßt, Erdenmann, – sagte das Meer erfreut, – ich suche nach einer Erzieherin für meinen kleinen Ozean. Seine Mutter ist bei der Geburt gestorben und ich brauche dringend eine anständige Pflegekraft. Ich würde selbst seine Erziehung übernehmen, aber ich bin überbelastet mit Arbeit, die mich Tag und Nacht in Atem hält, abgesehen davon hat die Praxis gezeigt, dass ich völlig ungeeignet für eine solche Tätigkeit bin. Schuld daran ist nur mein gutes Vaterherz, denn das Ozeankind ist mein einziger Sohn. Wie man weiß, wird ein Einzelkind immer verwöhnt und dies führt zu immer größeren Problemen. Er hat ständig irgendwelche Wünsche, außer in den Augenblicken, wenn er schläft – und alles, was der Kleine sich wünscht, das muss ich ihm erfüllen, denn sonst heult er, und ich kann das Weinen eines Säuglings nicht ertragen, vor allem, da es mein eigenes Fleisch und Blut ist. Dieser Umstand hat schlechte Auswirkungen auf die Erziehung. Das Kind muss ja wissen, was gut und was schlecht ist, sonst wird aus ihm kein guter Erwachsener, sonst wächst es zu einem Gewaltmenschen heran, ohne auf die Gesetze zu achten, die das Fundament für die Welt sind. Wenn du einverstanden bist, die nächsten drei Jahre dich um meinen Nachwuchs zu kümmern, werde ich dich reich belohnen. Doch mein Gewissen zwingt mich dazu, dich zu warnen, damit du dich später nicht beklagst – die Erziehung des Ozeankindes ist recht gefährlich, und ich glaube, dass die Ammen dies verschuldet haben. Da das Kind von Anfang an sehr groß war, größer als sie selbst, behandelten sie es wie einen Erwachsenen und haben dabei viel kaputt gemacht, wofür sie selbst teuer bezahlten. Bisher haben alle, die ich als Erzieherinnen meines Kindes engagiert hatte, mit dem Leben bezahlt. Ich muss zugeben, ich bin verzweifelt. Doch als ich sah, dass du dir ohnehin das Leben nehmen willst, habe ich es gewagt dir diese Arbeit anzubieten. Und nun hör genau zu, damit du keine Überraschungen erleben musst.

Die erste Pflicht ist – den Säugling zu schaukeln, doch um ihn in die Wiege zu legen, muss man ihn an seinem linken Fuß ergreifen, der aus reinem Gold besteht, sonst wird das nicht gelingen. Und da muss ich dich wiederum warnen: die Hände deiner Vorgänger klebten an diesem Gold, sobald sie den Fuß angefasst hatten, und dies war ihr Untergang. Denn jedes Mal, wenn das Ozeankind gebrüllt und sich heftig gewehrt hat, klebte die Hand der Amme noch fester am Fuß, so hat der Säugling ihr entweder den Kopf abgebissen oder sie in seinem Wasser ersäuft.

Die zweite Pflicht ist – den Kleinen mit einem Kupferlöffel zu füttern, obgleich auch dies mit dem Tod der Erzieherin endete. Wahrscheinlich aus dem Grunde, dass kein Säugling, auch der meine nicht, die Muttermilch und die Mutterwärme missen möchte. Diese ungehobelten Ammen haben ihn mit Brei gefüttert, der aus Bequemlichkeit mit Milchpulver gekocht wurde, obwohl ich extra für das Kind eine Ziege halte. Der Brei mit dem Milchpulver machte das Kind nervös und dies wirkte sich schlecht auf seinen Charakter aus. Es wurde übermütig und verschluckte zusammen mit dem Löffel auch die Amme. Am nächsten Morgen wurde der Löffel mitsamt der Amme ausgespuckt, die bis dahin gründlich verdaut war. Doch wie kann ich mich auch noch um die Seelen der Toten kümmern? Sieh zu, wie du mit dieser Aufgabe fertig wirst.

Die dritte Pflicht ist ebenfalls nicht leicht. Mein Kind, wie alle Kinder, muss irgendwann auch schlafen, um kräftig zu werden. Sein Bett ist aus Eisen, damit dessen Rücken, Hände und Füße gerade wachsen, nicht krumm, wie es bei Bächen und Flüssen der Fall ist. Und wenn man es mit Gewalt in die eiserne Wiege legen will – welches Kind möchte freiwillig ins Bett? – leistet es den größten Widerstand. Als mein würdiger Nachfolger verfügt es über genügend Kraft in den Muskeln und kann die Amme überfallen und sie erwürgen.

Das ist alles. Ich habe nichts verheimlicht. Nun liegt es an dir, ob du die Aufgabe übernehmen willst, oder nicht. Ich zwinge dich zu nichts. Ich habe bereits die Erfahrung gemacht, dass Feiglinge nichts wert sind, obwohl ich dringend einen Erzieher brauche. Aber wenn du einverstanden bist und mit dem Kleinen innerhalb von drei Jahren fertig wirst, werde ich dich reich belohnen.

– Auf der Erde gibt es für mich sowieso kein Leben – stimmte der Mann zu, der nie im Leben Erfolg hatte – vielleicht werde ich Glück auf dem Meeresgrund finden.

Ehe er seine neuen Aufgaben übernahm, bat er um einen Handschuh aus Stierleder, eine Schaufel voll frischem Schweinemist, einen Topf mit Pech und einen Arm voll Eichenholz.

Das Meer vernahm die Antwort des Mannes mit Freude. Es bat ihn, noch auf dem Felsen zu bleiben, bis es zurückkehrt, und kurze Zeit später brachte es all die Sachen mit, um die der Mann gebeten hatte. Der Mann prüfte erst, ob der Handschuh auch kräftig genug ist, ob der Schweinemist frisch ist, ob das Pech zähflüssig ist und das Eichenholz auch trocken ist, lud sich alles auf den Rücken und begab sich in die Tiefen des Meeres, um das Ozeankind zu erziehen.

Als der Mann von Weitem den verwöhnten Meeresspross sah, der auf dem Meeresgrund mit bunten Steinchen spielte, zog er seinen Stierhandschuh an, beschmierte diesen mit dem Schweinemist, danach wartete er ab, bis das Kind sich von ihm abwandte und sich bückte, und packte es an seinem linken goldenen Bein. Das Meereskind legte sich sofort flach, um sich besser aufblähen zu können und so neue Kräfte zu schöpfen, in Erwartung, dass die Hand der neuen Pflegerin am Gold kleben bleibt. Doch der Handschuh, beschmiert mit dem Schweinemist, rutschte am Goldfuß hin und her, ohne zu haften, obwohl das Kind sich mit aller Kraft blähte, bis ihm das Bäuchlein blau anlief vor lauter Anstrengung. Schließlich wurde es müde und musste letztendlich erkennen, dass alle Mühe umsonst war. Es fügte sich und ließ das Schaukeln zu.

So hat der Mann, dem das Schicksal jeden Erfolg im Leben versagte, seine erste Aufgabe bravourös gemeistert.

Als es an der Zeit war, den Meeresbalg zu füttern, nahm der Mann, der seit seiner Jugend nie Erfolg hatte, den Kupferlöffel in die Hand, tauchte ihn ins Pech ein, dann drehte er ihn im Sand herum, schöpfte damit den Haferbrei, der mit Ziegenmilch gekocht war, und steckte so den Löffel in den Kindermund hinein. Eine Weile kaute das Kind daran, bereit mit dem Löffel auch den ganzen Mann zu verschlucken, oder zumindest ihm den Kopf abzubeißen, doch als es hinter dem leckeren Brei das Pech mit dem Sand schmeckte, der ihm am Gaumen kratzte, hielt es sich zurück, völlig verdutzt, ohne zu begreifen, warum es nach dem leckeren Brei den abscheulichen Pechsand im Mund hatte. Während es noch so untätig am Überlegen war, gelang es dem Mann das Kind mit Brei zu füttern, ohne selbst Schaden zu erleiden.

Genauso erfolgreich hat er auch die dritte Aufgabe bewältigt. Als der Mann merkte, dass dem Meereskind vor Müdigkeit schon die Augen zufielen, obwohl es in seinem Trotz derart tobte, dass die Unterwasserfelsen schaukelten, stapelte er Holz unter dessen Bett und zündete darunter Feuer an, wartete einen günstigen Augenblick ab, ergriff das goldene Bein und beförderte den Strampelnden ins warme Bett. Der versuchte den Mann anzugreifen, um ihm alle Knochen zu brechen, doch in der warmen Wiege wurden alle Muskeln des Kleinen zu Dampf und der Mann hatte keine Mühe, ihn ins Bett zu legen. Die ganze Nacht hielt er das Feuer aufrecht, damit der Kleine das Gefühl hat, es sei die mütterliche Wärme, die er noch niemals verspüren durfte. Und jeder weiß, dass ohne Wärme, besonders ohne mütterliche Wärme, nicht einmal das Gras wachsen kann. So wurde der Kleine ruhig und schlief zum ersten Mal seit seiner Geburt sich ordentlich aus. Nach dem Ausschlafen konnte er unter der Aufsicht des Mannes, der sonst nie Erfolg hatte, die Grundbegriffe des guten Benehmens lernen, die auch für Meereselemente unumgänglich sind.

Das Meer war sehr zufrieden mit der Arbeit des Mannes, so sind auch die drei Jahre wie ein Tag verflogen seit dem Beginn seiner Tätigkeit als Erzieher des Ozeansprösslings, der nicht nur an Kraft gewann, sondern auch klug wurde. Der Mann selbst war sich dessen kaum bewusst, als eines schönen Tages das Meer ihn zu sich rief, ihm für seine gewissenhafte Arbeit dankte und zum Lohn ihm einen Kieselstein schenkte, der grau war, mit dunklen und hellen Stellen, und etwa die Größe eines kleinen Schweinerüssels hatte.

Zum Abschied sagte das Meer: wundere dich nicht, dass dies nur ein Kieselstein ist, noch dazu ein so kleiner und unscheinbar. Das Äußere ist immer trügerisch, denn je kleiner ein Ding ist, umso mehr Kraft steckt in ihm. In diesem kleinen armseligen Kieselstein sind alle Berge und Täler der Erde verborgen, alle Länder und alle Reiche, sowie alle menschlichen Leidenschaften. Ab heute sind diese Besitztümer – dein Eigentum. Es reicht, wenn du auf irgendeinen Fleck oder eine Rinne auf diesem Kieselstein intensiv schaust, dann werden dir alle Reichtümer gehören, die du nur wünschst, denn sie sind in diesem unscheinbaren Kieselstein enthalten. Doch ich warne dich, jeder Besitz, ob groß oder klein, ist immer mit einer Bedingung verbunden. Dies liegt in der Natur der Sache, dagegen kann ich nichts tun. Wir alle müssen uns an die Gesetze halten, denn nicht ich habe sie gemacht. Die Bedingung ist ganz einfach und leicht einzuhalten. Wenn du möchtest, dass nicht nur du selbst, sondern auch alle deine Nachkommen das besitzen, was du ab heute hast, dann darfst du unter keinen Umständen im Dunkeln ein Gespräch mit einem Greis an einer Straßenkreuzung führen. Wenn du dich daran hältst, wirst du ein langes und glückliches Leben haben und dich im Alter an zahlreichen Enkeln und Urenkeln erfreuen.

Mit Tränen in den Augen bedankte sich der Mann, drückte dem Meer die Hand und kehrte wieder auf die Erde zurück.

Und tatsächlich, von nun an ging alles wie geschmiert. Kaum hatte der Mann seinen Blick intensiv auf den Kieselstein gerichtet, erschloss sich ihm eine Landschaft nach der anderen – mit Flüssen, Bergen und Tälern, ein Reich nach dem anderen – der kleinste Wunsch wurde ihm erfüllt. Und da ein Mensch sich an den Reichtum viel schneller gewöhnt als an die Armut, vergaß dieser Mann vollkommen – denn daran dachte er nur selten, wie an etwas, das vor tausend Jahren geschah – dass er früher nicht einmal einen Strick besessen hatte, um nach all den Misserfolgen sich aufzuhängen.

Wie anders war jetzt sein Leben seit der Zeit, als das Schicksal ihn zu dem Felsen geführt hatte, von dem er springen wollte! Um ihn herum tummelten sich nun zahlreiche Freunde, die es vorher für ihn nie gab, er hatte Frau und Kinder, aber auch Minister, Generäle und Wissenschaftler zählten zu seinen Freunden, und Bedienstete erfüllten jeden seiner Wünsche. Der Mann war zwar nicht unbedingt sehr gierig, aber während seiner Zeit als armer Schlucker hatten sich viele Wünsche angesammelt, so glaubte er nicht mehr daran, dass er je im Leben den Wunsch verspüren würde, mit einem Greis an einer Straßenkreuzung zu plaudern.

Er dachte auch nicht daran, dass man unglücklich sein könnte, wenn einem etwas verboten wird. Noch waren manche Wünsche offen. Da aber alle seine Wünsche immer sofort erfüllt wurden, begann es ihm langweilig zu werden: die Blumen verloren allmählich ihren Glanz, ihre Frische und ihren Duft, die Sonne verlor ihre Wärme und strahlte weniger hell, und das Lachen kam ihm immer öfter als Weinen vor.

Eines Tages, nach einem opulenten Mahl mit Freunden, als sich alle zur Ruhe begeben hatten, zog er einfache Kleidung des Dienstboten an, damit man ihn nicht erkennt, und ohne jemandem etwas zu sagen, verließ er seinen Palast und ging hinaus, immer der Nase nach.

Bald verschwanden die Türmchen seines Palastes hinter dem Berg, da merkte der Mann, dass es Abend wird und er sich der Straßenkreuzung nähert, wo ein Greis steht, als würde er ihn erwarten. „Bestimmt hat das Meer etwas anderes gemeint, als es mich vor dem Greis an der Kreuzung warnte", dachte er. „Im Übrigen, was kann schon Schlimmes passieren, wenn ich ihn nur begrüße und weiter gehe."

– Guten Abend – sagte zaghaft der Mann und merkte, dass sich nichts veränderte. Der Greis stand immer noch an der Kreuzung, nur wurde die Dunkelheit intensiver. Da der Greis seinen Gruß nicht erwiderte, verspürte der Mann Lust, mit seinem Erfolg zu prahlen.

– Ich habe alles erreicht, was ich wollte – sagte er langsam, doch der Greis antwortete auch diesmal nicht, sondern starrte ihn nur an.

– Ich habe tatsächlich alles erreicht, dank diesem Kieselstein in meiner Hand, kaum größer als ein Taubenei – sagte er etwas lauter.

– Du plapperst Unsinn – sprach nun der Greis und trat näher an ihn heran.

– Dies ist ein besonderer Kieselstein! Darin befinden sich alle Berge und Täler der Erde, und das Wichtigste, alles wird mein, sobald ich es wünsche. Alle Reichtümer und Ländereien.

– In einem so kleinen Kiesel hat nicht mal eine Maus Platz, geschweige denn Ländereien und Reichtum.

– Aber diesen Kieselstein hat mir das Meer geschenkt, er ist anders, als andere!

– Dem Meer glauben nur völlige Idioten. Jedes Kind weiß: das Meer ist heimtückisch und lügnerisch. Ich habe noch nie einen klugen Menschen getroffen, der dem Meer glauben würde.

– Mein Kieselstein ist der größte Schatz, den das Meer mir als Belohnung gegeben hat.

– Da siehst du ja, solche Schätze gibt es tonnen-weise an jedem Ufer. Du kannst ihn von keinem anderen Kieselstein unterscheiden.

– Dank diesem Kieselstein bin ich Besitzer dieses Landes!

– Solche Besitzer gibt es jetzt haufenweise, mit denen man alle Löcher stopfen kann. Was bist du für ein Besitzer, wenn es nicht mal für ordentliche Kleidung reicht.

– Aber diese Lumpen gehören meinem Diener, denn ich wollte nicht, dass meine Abwesenheit auffällt. Es reicht, dass ich nur eine Stelle auf dem Kieselstein intensiv anschaue, dann habe ich alles, was ich mir wünsche.

– Du träumst – brummte der Greis zornig – dein Kieselstein ist nichts wert.

– Du wirst gleich sehen! – rief der Mann und konzentrierte seine Blicke auf dem Kieselstein, aber nichts geschah, wie intensiv er auch schaute.

– Das Meer hat mich tatsächlich betrogen – dachte er enttäuscht und warf den Kieselstein weit von sich weg. In diesem Augenblick sah er, dass jetzt alles verschwunden war, sowohl der Greis an der Straßenkreuzung, als auch der Abend, und auch das Land, dessen Besitzer er gerade noch gewesen war. Es kam wieder der steile Fels zum Vorschein, auf dem er nun saß, und die Sonne schien hell. Der Mann weinte bitter, dass er die Warnung des Meeres missachtet und alles von sich geworfen hatte, was sein Eigen war: sein Leben, das Glück mit Frau und Kindern, die Freunde und den Reichtum, doch es gab kein Zurück.

Wenn er sich nicht wegen seiner Dummheit vor dem Meer geschämt hätte, wäre er ins Wasser gesprungen, wie es damals seine Absicht war, als er den Felsen bestieg. Nachdem er sich ausgeweint hatte, erhob er sich, schaute ein letztes Mal auf das Meer, und ging behutsam zurück in das Land, wo er für ein winziges Stück Brot und etwas Suppe den Menschen erzählte, dass er einmal viel besaß und wegen seiner eigenen Dummheit und Unbesonnenheit wieder alles verlor.

* * *

– Schade, dass der Mann niemanden getroffen hat, der ihn gut beraten hätte – sagte die Konservendose. – Vielleicht wäre alles zu retten gewesen. Warum hat er nicht nochmal mit dem Meer gesprochen? Ich bin sicher, es hätte ihm bestimmt geholfen. Doch der Mann war von seiner Niederlage so überzeugt, dass ihm nicht mehr zu helfen war. Ich bin sicher, dass man immer Hilfe findet, wenn man die Ausdauer dazu hat.

– Es gibt Momente, da kann man nichts machen, weil die Umstände so sind.

– Die Umstände kann man immer ändern.

– Glaubst du, dass Amphibien ohne ihren Willen jemals trockenes Land erreicht hätten?

– Aber sie hatten den Willen, und dies war bestimmend.

– Wenn jeder Wunsch in Erfüllung gehen würde, wäre die Welt ganz anders.

– Ist es nicht so? Das Besondere kann immer passieren, doch wir merken es nicht.

– Oder vielleicht passiert es nicht?

– Doch, es passiert.

Das Märchen von den Ichichen

Es war an einem schönen sonnigen Tag, als ein kleiner Junge, der in den Bergen die Ziegen hütete, auf der Suche nach einer verirrten Ziege von einem Hügel zum anderen sprang, plötzlich stolperte und in eine tiefe Schlucht stürzte. Als er nach einiger Zeit die Augen wieder öffnete, fand er sich mitten auf dem Marktplatz einer großen Stadt mit schmalen hohen Türmen. Er war erstaunt zu sehen, dass die Einwohner, jeder auf seine Art, jeweils an einem eigenen Turm bauten. Doch keiner der Türme hielt lange stand.

Der Ziegenhirt ging auf einen Mann zu, der gerade in der Nähe war, beschäftigt mit einer Kelle inmitten von Steinen, und fragte ihn, was dies für eine Stadt sei, wer ihre Einwohner seien und wo man etwas Essbares bekommen könnte, da er großen Hunger hatte, nachdem er einige Tage ohne Nahrung hier gelegen war. Doch der Mann schaute nicht auf und reagierte nicht auf die Frage, und auch alle anderen Menschen, die der Ziegenhirt angesprochen hatte, gaben ihm keine Antwort. Nachdem er fast um die ganze Stadt gelaufen war und die Hoffnung bereits verloren hatte, auch nur ein kleines Stückchen Brot zu bekommen, sah er einen kleinen schwachen Greis, der an einem fast zusammengefallenen Turm arbeitete. Auch an diesen richtete er nun seine Frage.

– Hier leben ausschließlich die Ichichen – gab ihm der Alte zur Antwort. – Sie reagierten nicht, weil jeder Ichiche nur sein eigenes „Ich" kennt und was ein anderer Mensch sagt, das hört er nicht. Ich habe dich nur deshalb gehört, weil meine inneren Kräfte nachgelassen haben, die mich, genau wie alle anderen Ichichen, am Leben halten, doch wenn diese Kräfte nicht mehr da sind, bricht der Mensch zusammen, genau wie dieser Turm. Jetzt fehlt mir die Kraft ihn wieder aufzubauen.

– Ich werde dir gerne helfen – sagte hocherfreut der Ziegenhirt – wenn ich nur etwas zu essen bekommen könnte.

– Es ist nicht leicht einem Ichichen zu helfen – sagte kummervoll der Greis. – Niemandem gelingt es, einen Ichichen zufriedenzustellen, denn jeder Ichiche ist überzeugt, dass nur er selbst alles weiß und alles kann, und dies am besten von allen.

– Aber der Mensch muss doch essen, um am Leben zu bleiben!

– Hier ist die Nahrung für alle das eigene „Ich", und wenn davon nichts mehr übrig bleibt, stirbt der Ichiche. Aber das „Ich" eines jeden von ihnen ist so unerschöpflich und reich, dass alle Einwohner dieser Stadt praktisch unsterblich sind. Was mich betrifft, ich bin so kraftlos geworden, weil ich hier ein Fremder bin und niemals zum echten Ichichen wurde, obwohl ich fast mein ganzes Leben hier verbracht habe. Ich kann mich nur ganz schwach daran erinnern, dass auf dem Schiff, wo ich als Schiffsjunge arbeitete, ich während eines Streites über Bord gefallen bin und schließlich hier in dieser Stadt landete.

– Aber ich möchte gar nicht ein Ichiche werden!

– Dort hinter meinem Turm liegen Kellen für Neuankömmlinge, nimm dir eine und fang an, einen eigenen Turm zu bauen.

– Gibt es denn wirklich keinen Ausgang aus dieser Stadt?

– Ganz am Anfang, als ich gerade hier ankam, begegnete mir irgendein Verrückter, der neben den Steinen dieses Turms saß, den ich gerade baue. Er erzählte mir, dass diese Stadt sieben Tore hat und man durch jedes Tor hinausgehen kann, aber kein Einwohner hat es bisher geschafft eines dieser Tore zu öffnen, weil keiner von ihnen es vermochte, ein kurzes Wörtchen auszusprechen, welches das Tor öffnet.

– Was ist das für ein Wörtchen?

– Jeder Ichiche kennt es: es ist ganz einfach „Du". Doch sobald ein Ichiche es ausspricht – und dies kommt so selten vor, dass darüber schon Legenden kreisen – also wenn ein Ichiche nur versucht, „Du" auszusprechen, wird es sofort zu einem „Ich", und das Tor öffnet sich nicht.

– Ich will es versuchen – sagte der Ziegenhirt. – Meine Eltern sind beide gestorben, so möchte ich mich um dich kümmern.

– Ich bin schon zu alt, meine Beine tun es nicht mehr.

– Ich nehme dich auf den Rücken und wir versuchen es gemeinsam.

– Ich bin nicht mehr an eine andere Welt gewöhnt, und die Zeit, die mir durch die höhere Macht noch gewährt wurde, geht langsam zu Ende.

– Ich will, dass du wenigstens noch vor deinem Tod frische Luft atmen kannst – sagte der Hirte, nahm vorsichtig den Alten auf seine Schultern und begab sich zum nächsten Tor. Dort machte er eine tiefe Verbeugung und sagte: – ehrenwertes Tor, hättest du die Güte, dich zu öffnen und uns in die Freiheit hinauszulassen, denn nur du hast dazu die Macht.

Zum ersten Mal seit seiner Existenz öffnete sich das Tor, denn so hatte noch niemand zu ihm gesprochen, obwohl es immer darauf wartete, seit dem Moment, da man es in die Mauer eingesetzt hatte.

So traten die beiden hinaus und der Ziegenhirt befand sich wieder in seinen Bergen.

– Siehst du, wie schön diese Welt ist! – rief der Ziegenhirt und griff nach dem Alten, um ihn von seinen Schultern hinunter zu lassen. Doch anstatt des Alten, konnte er nur einen Sack ertasten, der bis oben hin mit Edelsteinen gefüllt war.

* * *

– Meiner Meinung nach begeistern sich die Leute immer für Nichtigkeiten, zum Beispiel für Edelsteine. In der Wüste kann man sie sogar auf der Erdoberfläche finden, aber ich habe noch nie gehört, dass ein Schakal für solches unnütze Zeug Interesse gezeigt hätte.

– Vordergründig hast du sicherlich Recht. Aber die Menschen suchen nach den Quellen des Lebens, an denen wir sitzen, doch gerade wegen unserer Nähe zu ihnen sehen wir sie nicht. Um sie zu sehen und zu erkennen, muss man hinausgehen in die Welt und sich auf Wanderschaft begeben.

Das Märchen von dem Mann,
den die Zweifel plagten

Einmal lebte auf dieser Erde ein Mann, den von seiner Geburt an ständig Zweifel plagten. Egal, was er tat, ob er arbeitete oder sich vergnügte, sobald er etwas anfing, erwuchsen in ihm sofort die Zweifel, ob das, was er tat, gut und richtig sei. In diesen Momenten fing er an, die begonnene Arbeit zu hassen, und sogar das Vergnügen, in das er sich manchmal stürzte, brachte ihm keine Erleichterung, sondern vergrößerte noch seine Verzweiflung. Das ganze Leben wurde ihm zur schweren Last, und er würde es am liebsten beenden, wenn auch dies nicht mit Anstrengung verbunden wäre. Wegen seiner Zweifel konnte er nie ein begonnenes Werk zu Ende führen.

Schon in seiner Kindheit erkannten seine Eltern diesen Zustand und waren tief betrübt darüber. Sie taten, was sie nur konnten, doch ihre Anstrengungen brachten keinen Erfolg. Mit zunehmendem Alter wuchsen seine Zweifel, und alle Ratschläge und Über-redungsversuche vergrößerten noch seinen Unmut und seine Hoffnungslosigkeit.

Da die Eltern schließlich einsahen, dass weder Drohungen noch gutes Zureden helfen würden, legten sie ihm nahe zu verreisen, in der Hoffnung, dass ihr Sohn vielleicht unter fremden Menschen Erfahrungen sammeln und klüger werden würde, und dass er dadurch von seinen Zweifeln befreit würde. Sie verabschiedeten ihn, segneten ihn, und schauten ein letztes Mal ihm nach, bevor er in die weite Welt hinauszog.

Doch auch in fernen Ländern wurde der Mann von seinen Zweifeln geplagt und alle seine Anstrengungen, die Lage zu verbessern, endeten mit bitterem Misserfolg. Er traf zwar immer wieder wohlgesinnte Menschen, die für ihn Mitleid empfanden, ihn bei sich aufnahmen und ihm Arbeit und Geborgenheit schenkten, doch sobald er sich ein zweites Mal mit ein und derselben Sache beschäftigte, wurde er wieder von Zweifeln geplagt. Obwohl er längst vom Jugendlichen zum reifen Mann herangewachsen war und es Zeit wurde, eine eigene Familie zu gründen und für ein Dach über dem Kopf zu sorgen, konnte er sich nicht entschließen etwas Neues anzupacken, und so blieb alles beim Alten.

Da aber das Schicksal sich auch um die Ärmsten der Armen kümmert, wenn auch nicht dauernd, so wenigstens ab und zu, so ist es ihm doch gelungen, nach langer Wanderschaft von einem Land zum anderen, eine Familie zu gründen mit Frau und Kindern, und Freude dabei zu empfinden, endlich den richtigen Weg gefunden zu haben. Doch im gleichen Maße, wie seine Kinder aus den Windeln herauswuchsen und immer größer wurden, sind auch seine Zweifel gewachsen, wurden sogar stärker als vorher, und er verließ seine Frau und die Kinder und begab sich wieder auf Wanderschaft.

Eines Tages, als er gerade dabei war, einen Bach zu überqueren, schaute er sich um und musste feststellen, dass seine Zweifel nichts anderes waren, als sieben zu einer Einheit verschmolzene reinrassige Pferde, die ihn trugen und geradewegs auf eine Schlucht zurasten, von wo aus es kein Entrinnen geben würde. Der Mann war zutiefst erschrocken, strengte sich an, diese einverleibten Zweifel zu bändigen, doch seine Kräfte reichten dafür nicht aus. In seiner Verzweiflung rief er Gott an, da er erkannte, dass er es nicht mehr schaffen würde, sein Schicksal weiter zu ertragen. Er fiel entkräftet auf den Boden und schlief unter einem Baum ein.

Sobald seine Augenlider zugefallen waren, erschien vor ihm ein alter Mann, der ihn am Ärmel zupfte, ihm seinen nicht allzu großen Hof zeigte, dessen Boden mit Lehm glatt bestrichen war, und fragte:

– Bist du damit einverstanden, meinen Hof zu kehren? Für diese Arbeit brauche ich jemanden, den die Zweifel übermäßig plagen. Dort drüben stehen die

Sonne und der Mond, es sind die zwei Besen, mit denen du kehren sollst, und der Lohn dafür ist ein Samenkorn.

– Einverstanden, – sagte der Mann und machte sich fleißig daran, den Hof zu kehren, dabei spürte er, dass seine Zweifel sich langsam verflüchtigten. Nach einiger Zeit sagte der Alte zu ihm, er solle mit dem Kehren aufhören, da die Arbeit schon beendet sei, und gab ihm zum Lohn ein kleines Samenkorn.

Der Mann bedankte sich und als er aufwachte, sah er mit Erstaunen, dass in seiner Hand tatsächlich ein kleines helles Samenkorn lag. Nochmals schaute der Mann auf den Samen, und die Zweifel kehrten zu ihm mit einer solchen Heftigkeit zurück, dass ihm klar wurde, sein Ende sei nun gekommen. Die Rösser unter ihm trabten in vollem Tempo vorwärts. Mit letzter Kraft hielt er sich mit einer Hand an der Mähne fest, während er die andere Hand, mit dem Samen von dem alten Mann, an seine Brust drückte. In diesem Augenblick spürte er, dass das Samenkorn auf den Boden seines Herzens fiel und einen Moment später merkte er, dass es keimte und daraus ein winziges Pflänzchen erwuchs: das Bäumchen der Hoffnung.

– Du bist ein schlechter Reiter – ertönte die Stimme seines Verstandes.

– Du wirst niemals irgendwelche Entfernungen in deinem Leben überwinden, wenn du den Baumstumpf aus deinem Herzen nicht entfernst – fügten die Zweifel wütend hinzu und wurden dabei etwas langsamer.

– Kein Baumstumpf, sondern ein neuer Zweifel rührt sich in meinem Herzen – log der Mann, und fühlte, wie in seinem Herzen frische Zweige am Bäumchen der Hoffnung sich entfalteten.

– Der Mensch ist nur dann wirklich ein Mensch, wenn Zweifel über ihn die Oberhand gewinnen – versuchten es nochmal die Zweifel, die aber zurückgedrängt werden konnten mithilfe des Bäumchens der Hoffnung, welches aus dem kleinen Samen des Alten im Herzen des Mannes keimte. Der Mann erkannte, dass nur ein positives Gefühl, das im menschlichen Herzen aus einem Bäumchen der Hoffnung erwächst, dem Menschen die Kraft verleiht, seine Zweifel, die ihn in die Tiefe reißen könnten, wirklich zu überwinden.

* * *

– Es ist nicht so einfach, Zweifel zu besiegen – sagte der Schakal. Früher einmal, dies ist schon lange her, da hatte ich einen Freund, einen Schakal, der wegen seiner Zweifel auch heute noch irgendwo in der Wüste herumstreift. Doch ich bin der Meinung, dass Zweifel meistens bei solchen Leuten hervortreten, welche im

Wohlstand leben, da ich aber stets um mein Überleben kämpfen musste, hatte ich keine Zeit für irgendwelche Zweifel.

– Wir sprechen nicht vom Persönlichen.

– Es gibt aber nichts Öffentliches ohne das Persönliche. Denn nur über das Persönliche findet auch das Öffentliche den Weg ins Herz.

– Vielleicht hast du Recht.

– Schakale haben immer Recht.

– Warum?

– Weil sie wilde Tiere sind.

– Ich wusste gar nicht, dass du ein Witzbold bist.

– Hab keine Angst. Auch bei dem größten Hunger, dich kann man nicht essen.

– Und wenn man es könnte?

– Warum soll man sich den Kopf zerbrechen über Dinge, die es nicht gibt? Übrigens, ich habe mich bereits an deine Stimme so gewöhnt, dass ich sie nicht mehr missen möchte.

Inhalt